JN085314

差し出された手に、躊躇した。
信じていいのか、彼を巻き込んでしまっていいのか、
最後の最後で勇気が出ない。
「俺を、君の共犯にしてみませんか？」

アディーテ・ソルランツ
人相の悪さが原因で策略家と勘違いされている心優しい公爵令嬢。平穏な生活を送りたいという願いのため、聖女の力を隠している。
シルヴェスト
アディーテといつも一緒にいるウサギの姿をした風の上位精霊。いたずら好きで、特にアディーテを悪者扱いする奴を狙って騒ぎを起こしたりする。

ブリザ
聖女の儀式があるためやってきたシロクマの姿をした氷の上位精霊。
おっちょこちょいな性格をしている。
セリオズ・チェーザリオ
類まれなる魔法の才で最年少で魔法師団長になった青年。
どうもアディーテの正体に気付いているようで、手助けを申し出る。

「私が部屋までお運びしましょう」

「いっ、いいですいいです大丈夫です！」

背中に手をそえられたから一体何だろうと思ったら、
急に体がふわりと浮いた。

淑女らしからぬ悲鳴が口から洩れる。

お姫様抱っこだ。まさか自分がされるだなんて。

・聖女になれませんでした。

このままステルスしたいのですが、悪役顔と精霊に愛され体質のせいでやっぱり色々起こります

Presented by Yasaibatake
野菜ばたけ

Illustrated by
ののまろ

口絵・本文イラスト◉ののまろ

Contents

プロローグ

少女の悲鳴、爆発音、たくさんの方々の阿鼻叫喚。

厳かだった教会内にそんなものが聞こえてくれば、儀式に参列中の貴族たちが規律を忘れてざわめくのも、当然の事だと思う。

一体何が起きたのか。後ろで何かがあったらしいという事は分かっても、振り返ったところで私がいるのは最前列。人垣が邪魔してよく見えない。

今分かっている事といえば、お披露目の儀を無事に終えた聖女が、平民たちへの顔見せのために後方の扉から外に出たばかりだという事くらいだ。

「おい聖女・ララーは無事なのかっ！　何をしているお前たち！　一刻も早くララーの身の安全を確保しろ、このノロマ！」

教会内の空気に、鞭を打つような檄が飛ぶ。

片手をバッと突き出しながら告げられた王太子殿下の焦りに満ちた命令に、山吹色のマントをつけた騎士たちが弾かれたように動き出した。

「聖女様が降臨すれば、この国は安泰なのではなかったのか」

参列席から、ポツリと不安の声が漏れた。それは周りに伝染し「儀式が失敗したのかも」と囁く者まで現れ始める。

彼らがここまで危惧するのは、今しがた終わったのが『この土地に住まう精霊たちに聖女が挨拶をするための儀式』だからだろう。

精霊の力を借りることで国の安寧を手に入れてきたこの国の歴史を思えば、不安に思うのも仕方がない。しかし私は周りに反して、あまり深刻には思えなかった。

理由は簡単。今回の件の原因に、心当たりがあったからだ。

（……シルヴェストォ？）

知覚できた力の残滓を目で辿って名を呼べば、首回りと手足の緑以外はすべて純白の毛皮に、長い耳、黄金色の瞳のウサギがビクリと肩を震わせた。

一見すると、ただの愛くるしい小動物。しかし騙されてはいけない。彼はこれでも、ヒトの何倍もの年月を生き、強大な力を有する存在――精霊なのだから。

とはいえあくまでも私にとっては、ただのイタズラ好きの友人にすぎない。

彼の目が私の視線から逃げるように泳いだのを見て、私は思わずため息を吐いた。

間違いなく、彼はこの騒動に何らかの関与をしている。

指示を出し終わった殿下から、鋭い視線が突き刺さっている。きっと私の関与を疑っているのだろう。

たしかに私には動機がある。

私は聖女の最終選考で落ちた、『聖女になれなかった令嬢』だ。落ちた事を恨んで、あるいは妬んで、犯行に及ぶのは想像に容易い。

彼は、いや、この場の誰も、私が最初から「聖女になんてなりたくない」と思っていた事など知らない。疑うのも無理はない。でも。

思わず眉尻を下げれば、それもまたよくなかったのだろう。殿下から向けられる目に険しさが増した。

困っただけで、風当たりが強くなる。そんな自身の人相の悪さに深いため息を吐きながら、何故こうなってしまったのか、少し前を思い出す。

第一章　聖女になれませんでした。しかし後悔はしていません

色鮮やかなステンドグラスと十字架を背にして、儀式用の修道服を身に纏った少女が壇上に立っていた。

透き通るような白い肌に、ウエーブがかかった金色の髪。丸く大きな瞳からは、人なつっこさが垣間見えている。

今日は彼女――ララー・ノースの、聖女お披露目の儀。段下には教会関係者の他に、王族たちも立ち並び、参列席にはたくさんの貴族たちの姿もあった。

私も参列者の一人だ。

公爵令嬢という貴族階級最上位の家の娘であるため、席は最前列。お陰で彼女の姿がとてもよく見える。

実に堂々とした立ち姿だった。

動く度に揺れる棒状の金の耳飾りが、節制と信仰を旨とする教会の儀式に出る身としては、少し過度なようにも見えるけど、それさえ「他の神父たちよりも格が高い証である」

と言われれば思わず納得したくなるくらい。

その耳飾りが日の光に反射して眩しくて、私はやんわりと目を細める。と、後方からコソコソと令嬢たちが嘲笑う。

「アディーテ様ったら、あんなにきつく聖女様を睨みつけるなんて。よほど彼女が羨ましいのですわ」

「そうでしょうとも。自家の権力を使って最後の二人にまで残っても、結局は手に入れる事が叶わなかった地位ですもの。きっと彼女が子爵令嬢などという、自身の足元にも及ばない爵位の持ち主だから、尚の事プライドに障るのでしょうね」

すべては彼女たちの勘違いだ。

私は家の権力を使って聖女選考に通ろうと思った事など一度もないし、ララーさんを睨みつけたつもりもない。もしそう見えたのだとしたら、それは元々の目つきの悪さのせいだ。

しかし反論はしなかった。

私は元々、周りからの評判が非常に悪い。

我がソルランツ公爵家は、代々鋭い眼光とハッキリとした目鼻立ちの家系であり、もれなく私もその系譜を継いでいる。

その上今代の当主であるお父様は、即断即決で自領の領地経営に辣腕を振るっている方だ。時には人情をも捨てて実績を上げる徹底ぶりは、周囲から相応の畏怖と妬みを買っている。

その結果、ついた二つ名が『冷酷非情な専制公爵』。もちろんいい意味などではない。


私はそんな家の令嬢だ。人相の悪さも相まってあまりよくないイメージがつき、子どもの頃からずっと周りに、普通にしていても『企み顔』、表情を変えると『悪役顔』と散々言われ続けている。

昔はこれでも少しだけ、何をした訳でもないのに遠巻きにされる現状を、変えようとしていた時期があった。

しかしなまじ格の高い家に生まれてしまった事に加え、元々の内向的な性格が災いし、大した弁解にもならない。むしろするほど、曲解されて逆効果。何をしても周りには『企みのための懐柔行為』に見えてしまうらしいと気が付いてからは、諦めてしまった。

お陰で周りはいくらでも、私を勘違いし放題だ。多くの恐れや妬みをスポンジの如く吸い込んだ『アディーテ・ソルランツ』という名は、今や悪女の象徴のような意味合いさえ持つに至っている。

そんな私が、国の富と栄光を約束する聖女を選別する過程で、最後の二人にまで残ったのだ。周りはさぞ面白くなかっただろう。

その上で結局落ちたとなれば、話の種には十分過ぎる。

彼女たちの目にはきっと、私が『散々策略を巡らせた挙句に何も手に入れる事もできず、内心では地団太を踏んでいるみじめな令嬢』に見えているのだろう。


今更私が本音を漏らしても、きっと信じてもらえない。

本当は最初から『聖女にはなりたくない』と思っていた。

だから選ばれずに済んで、むしろホッとしている、なんて。


「では聖女様、民衆の前へ」

大司教様の厳かな声に促され、ララーさんが一歩前に踏み出した。

彼女がこれから目指すのは、この礼拝堂の後方にある、外へと通じる扉である。

壇上から降りた彼女は、参列者たちの間にある通路を通って後ろへ。私の横をすり抜ける瞬間、何だか少し勝ち誇った笑みを向けられたような気がしたけど、そんな顔を向けられる理由に心当たりは何もない。きっと気のせいだったのだろう。

彼女の足取りは、鼻歌交じりなのではないかと錯覚しそうになるほど軽い。聖女や淑女、貴族の振る舞いには似つかわしくない軽快さだ。

けれどそれさえ、彼女の軌跡にそって光が尾を引く神秘的な光景を目の当たりにすれば、些末な事のように思える。

「あれが伝説に聞く『精霊糸を通じて示される、精霊に愛されている証』、加護をその身に纏ったからこそ得られる輝きというやつか……」

「実に見事な光だな。万人の目に見えるほどの加護をあぁして示す事ができるのは、聖女様であればこそだろう」

参列席では口々に、そんな声が囁かれている。

聖女とは世界の救世主。記録によれば、この世に存在するだけで魔獣の活性化を防ぎ、ヒトの目には見えない筈の精霊を唯一視認して、意思疎通する事ができる存在だとされている。

故に聖女は万人の敬愛と憧れの対象になり得る。その稀有な力で、時に勇ましく戦場に赴き、時に慈愛の心を示す。そんな聖女に、人々は常に注目する。

――本当に、聖女になれなくてよかった。

改めて、そう思う。

そうでなくてもこの見た目のせいで、既に十分悪目立ちをしているのだ。この期に及んでこれ以上、人目に晒されるだなんて居た堪れない。私はただ静かに暮らしたい。

《ねぇねぇアディーテ、もう終わった？》

突然、頭の中に直接可愛らしい男の子のような声が響いてきた。

おそらく儀式が終わる空気を、目敏く察したのだろう。頭上でポンッという音がしたかと思えば、視界は一瞬でホワイトアウト。頭にちょっとした重量感が齎され、モフッとした感触が顔面を覆う。

すぐに分かった。あぁ彼のいつものイタズラだ、と。

（もうすぐ終わるわ、シルヴェスト。だからもう少し待っていて？）

彼らの特殊なコミュニケーションに倣い、人知れず彼に言葉を返す。

すると不服げになったのは、きっと退屈だからだろう。

《じゃあさ、あのララーとかいう女を惚けた顔でずっと目で追ってるあそこのポンコツ王

子、頭から丸かじりにしてきてもいい？》

（ダメよ、シルヴェスト。そんな事したらお腹(なか)を壊(こわ)しちゃうでしょう？）

《えー……。じゃあさ、さっきからずっと隠(かく)れてコソコソとアディーテを監視(かんし)してる山吹色のマントの騎士たちなら、ちょっとなぎ倒(たお)してきてもいい？》

（え、そんな人がいるの？）

《うん。なんかすごい怖(こわ)い顔でこっち見てる。僕(ぼく)、正直不快だよ。だから、ね？》

いいでしょ？　そう言いながらシルヴェストが、やっと顔から剥(は)がれてくれた。

首をかしげてくるマルッとフワッとしたフォルムの白ウサギは、絶妙(ぜつみょう)に可愛らしかった。

けれど。

（それもダメ）

《ちぇーっ、何だよつまんないのー》

そんな可愛らしく口をつんと尖(とが)らせてみせても、ダメなものはダメ。

どうせイタズラ好きの彼の暇(ひま)つぶしは、大抵(たいてい)何かしらのイタズラなのだ。

そして、たとえ精霊にとってはほんのイタズラだったとしても、ヒトにとっては大惨事(だいさんじ)という事はままある。安易に首を縦に振るなんて、危なくてできたものではない。

しぶしぶ諦めてくれた彼は、代わりの暇つぶしを探してか、辺りをキョロキョロと見回した。そして何故か鼻の上に皺を寄せる。
《それにしても人間どもって、何でこんなに目が節穴なやつばっかりなんだろう。あれくらいの精霊糸の輝き、アディーテなら寝てても余裕で出せるのに》
（そうなの？）
《うん。そもそも精霊糸なんて、儀式中なら触れば誰でもそれなりには光らせられるよ。魔力が強ければそれだけ強くね。だからニセモノでもああやって光るんだし》
幼い頃からシルヴェストが見えて話もできた私は、聖女になりたくない一心で、聖女だけが起こせる特殊な事象について調べてきた。しかしそんな話、聞いた事がない。
（……その事実をたまたま知れたのは幸運だったわ。儀式中、間違ってもアレには触らない）
《えーっ⁈　何でー⁈》
ボソリと本音を漏らしたところで、シルヴェストが不服の声を上げた。
彼は《むしろ触っちゃえば、ヒトにもアディーテのすごさを知らしめることができるのに！》などと言っているけど、知られるのが嫌だから隠しているのだ。絶対にそんな事はしない。
《そもそも僕は気に入らないよ、何で君が周りから軽んじられてるのさ！　君こそが本物

の聖女、オンリーワンでナンバーワンなのに!!》

怒りに任せて空中をダンダンとスタンピングする姿は、もし周りにも彼が見えていたならば、十人が全員「怒っているな」と見抜けただろうほどには激しい。

《一体誰のせいでこんな!》

(さぁ？　私には分からないわ)

《しらばっくれても無駄だからね！　僕、知ってるんだから！　あのポンコツ王子が「ララーの方が断然可愛いしな。むふふふふっ」って言ってたの。あの偽物が選ばれたのは、絶対あいつの仕込みだよ!!》

(え、ちょっとシルヴェスト。本当に殿下が「むふふふふっ」なんて言ってたの？　まったくイメージにないのだけど)

彼が『ポンコツ王子』と呼ぶ我が国の王太子殿下は、少々カッコつけである。少なくとも人前で「むふふふふっ」などという笑い方をするような方ではない。

シルヴェストの肩がギクリと上がったところを見ると、おそらく話を盛っていたのだろう。しかしそれでも引く気はないようで、再度言い返してくる。

《僕が言いたいのは『聖女を一体何だと思ってるんだ』っていう話だよ！　お飾りじゃないんだよ?!　聖女っていうのはさ！》

聖女という存在がヒトにとって特別であるように、精霊にとっても特別だ。

彼ら曰く、『聖女は魔力からものすごく甘くていい匂いがして、そばに寄ると心地いい』のだそう。

ヒトが『他には決して成せない偉業を成す聖女』に尊敬と憧れを向ける一方で、おそらく精霊たちは『聖女という存在そのもの』に価値を見出しているのだと思う。

だから例外なく、聖女が喜べば彼らも嬉しく、逆に蔑ろにされればこうして怒る。

私はそういう彼らの性質を、少なからず理解している。けれど殿下の価値基準を、完全に否定する気にもなれない。

(殿下にとっては大切なのよ、その『可愛い』という要素こそが。自分の妃になる相手だもの、可愛いに越したことはないでしょう?)

歴代の聖女たちの殆どが、過去国の正妃の座についている。おそらくそこには聖女の血筋を王家に招くことで政治的・思想的に国内の結束を硬くしたいという思惑があるのだろう。

特に今回神官長様に齎された『聖女誕生の神託』は、約三百年ぶりらしい。待望の聖女とあって、殿下が聖女を妃として迎える事は最早暗黙の了解になっている。

しかし彼だって本心では、自分の相手は自分で選びたかった筈だ。そんな折、運よく自分が想いを寄せている相手が最終候補まで残り、聖女の力の発現者が自ら名乗り出る事をしなかった。

彼はほんの少し働きかければ聖女選定に忖度してもらえる状況を、幸運にも手に入れることができた。ここまで条件が重なれば、つい魔が差してしまっても仕方がないと思う。

それに、私にとっても都合がいい。

当初は、私の代わりになる方に本来背負う必要のない重責を無理やり負わせてしまう事になるのではと不安にもなったけど、幸いにもララーさんは聖女である事を自ら望んでいるようだった。殿下も喜んでララーさんを選んだ。

誰も損をしていない。そういう状況を作ってくれた殿下には、むしろ深く感謝している。

《あんなのよりもアディーテの方が、よっぽど可愛いと僕は思うよ？》

不思議そうな顔で小首を傾げてくる彼に、私は一瞬キョトンとした。

数秒置いて、頬を緩めながら「ありがとう」と彼に応える。

自身の人相の悪さは知っている。うぬぼれる気なんて更々ない。それでも純粋に褒められれば、私だって普通に嬉しい。

そんなふうに思っている間に、暇を持て余したシルヴェストが辺りをフワフワと飛び始めた。

参列している王族たちの目の前をウロウロと行き来し、やがて殿下の後ろに立つ眉間に皺を寄せた護衛騎士の顔を、鼻が引っ付くほど近くで覗き込んだ。

私にしか姿が見えないのをいいことに、かなり好き勝手している。

すぐに飽きた様子の彼は、今度は神官長様のところへ行った。

そして……あろうことか、綺麗に禿げ上がった頭から白いウサギ耳がピョコンと生えた。

いや、何も本当に彼の頭に耳が生えた訳ではない。シルヴェストがあまりにもうまく回り込んだものだから、さも生えているように見えているだけだ。

しかし真面目顔をした妙齢男性のつるりとした頭から、白くて可愛いウサギ耳が生えているのだ。あまりにミスマッチな組み合わせすぎて、思わず吹き出しそうになる。

ギリギリでどうにか堪えたが、間違いない。この子、絶対に私を笑わせようとしている。

それで暇を潰そうとしている。

ピコピコと動くウサギ耳に、私は忍耐を強いられた。

しかし公爵令嬢の体裁にかけて、儀式中に突然笑い出すわけにはいかない。

まず視界からこの面白映像を追い出して、一度深呼吸。それから一つ提案を持ちかける。

（いい子には、帰ったら毛づくろいをしてあげようと思ったのだけど……）

そんなイタズラをするのなら、やっぱりやめておこうかしら。そんなニュアンスを込めて言うと、神官長様の肩口からバッと顔を覗かせた彼が、《えっ！》と声を弾ませた。

《本当に？》

（えぇ）

《絶対？》

（もちろん）

期待の籠った眼差しに頷けば、宙をピョンッと大きく跳ねて彼がこちらに戻ってきた。

私の肩の上に乗った彼は、そのモフモフな前足で、頬をテシテシと叩いてくる。

《約束だからねっ！　もう約束したんだからねっ?!》

わざわざ念まで押してくるあたり、本気でご所望のようだ。

どうやら無事に釣れてくれたらしい。はしゃぐ彼に（はいはい、分かったから）と答えているうちに、どうやら儀式はもう大詰めに差し掛かっていたらしかった。

ララーさんが扉の前に辿り着き、神官長様が最後の口上を述べる。次いで鳴った重そうなギィーッという音は、扉が開く時のものだろう。

厳かな空気の中に、外からのワッという大きな歓声が滑り込んできた。

とてつもない声の圧にたくさんの視線を想像し、心の底から改めて「選ばれなくてよかった」と安堵する。しかし私は次の瞬間、悠長に他人事を決め込む余裕なんてなくした。

突如として感じた特殊な力の波動に、ハッとして肩口に目を向ける。

そこにいたのは、イタズラ顔の白ウサギ。黄金に煌めくその両眼でまっすぐ扉の方を見据えた彼の存在感が、あっという間に膨れ上がって。

（シルヴ――）

慌ててかけようとした静止は、結局間に合わなかった。最後まで言葉になる前に、世界に変化が生じてしまう。

外で女性の悲鳴がした。次いで爆発音が響き、阿鼻叫喚が巻き起こる。

異常を察知して、教会内が騒然とした。殿下の怒号に押されるように山吹色のマントの騎士たちが外に駆けだし、慌ただしさが増していく。

そんな中、おそらくこの場で私だけは比較的落ち着いていたと思う。

（……シルヴェストォ？）

風の上級精霊ともなれば、持てる力は強大だ。このくらいの騒ぎ、簡単に起こせる。

自身の肩口に抗議すれば、彼はギクリと肩を震わせた。

分かりやすく目を泳がせて《どうしたの？》などと言った彼は、わざとらしいとぼけ顔をしている。

——ふぅん？　なるほど、そういう態度。
ならばこっちにも考えがある。
私は彼をジトッと見ながら、心中で徹底抗戦を決めた。

教会から帰宅して自室へ戻ると、すぐに使用人を下がらせた。
今室内にいるのは、私とシルヴェストだけ。周りの目を気にせず、幾らでも話ができる環境だ。
しかしそんな事は関係ない。
《ねぇアディーテ、アディーテってば！》
先程からずっと私の周りをしきりに飛び回っては上目遣いで顔を覗き込んでくる彼に、私は敢えて何も答えない。
《アディーテさーん？　もうこっちの準備は万端だよ？》
膝上にふわりと降りてきて、これ見よがしにコロンと仰向けに寝転がってみせても、誘われてなんてあげない。

私は怒っているのである。こんな見え透いた罠にはかからない。

プイッと大きく顔を背ければ、シルヴェストがガビーンとショックを受けた。そして一変、今度は感情を露わにしてくる。

《何でさ！　一体何でなのさっ！　「帰ったら毛づくろいしてくれる」って、そういう約束だったじゃんかっ!!》

まさしく悲しみの咆哮だった。

でも、彼が悪いのだ。元々「いい子にしていたら」という約束だったのだから、もちろんご褒美はなしである。

私だって、別に怒りたくて怒っている訳ではない。けれどこれからも彼と友人でい続けるためには、ヒトに向けるイタズラの許容範囲はきちんと線引きする必要がある。

しかし「だから強い意思を持たなければ……」などと自分に言い聞かせている時点で、私には既に勝ち目などなかったのかもしれない。

チラリと膝の上を見ると、涙目でこちらを見上げてくるシルヴェストと目が合った。

頬をプクゥと膨らませている彼は、どう見ても可愛い。ちょっと反則が過ぎるその表情に、私は思わず「うっ」と顔を引き、空を仰いでため息を吐いた。

実は先程からずっと、彼が私の太ももをダンダンとスタンピングしてきていて地味に痛い。たとえ足の裏までモフモフの可愛い足で、精霊であることが幸いして本物のウサギより大分体重は軽くても、負荷があることに変わりはない。

そもそも分かり合いたいという意思がある以上、いつまでも強硬的な態度でい続けるのにも無理がある。

「……何でそんな目に遭っているのかは、誰よりもシルヴェスト自身が一番よく分かっているでしょう？」

結局折れて、彼に少し歩み寄った。すると、ずっと「一切の音を聞き逃すまい」と意地になったかのようにピンと上に伸びていた彼の耳が一変、これ以上ないくらいにヘチョリと伏せられる。

おそらくじきに彼の口から、謝罪が聞けることだろう。そう思った。だから予想外の言に、私は思わず目を見張った。

《だぁーって、本当ならアディーテが聖女になる筈だったのに……。それをあの女が横取りしたんだよ？　ちょっとくらいイタズラしたっていいじゃんか……》

今にも消え入りそうな言い訳に、私は一人困惑した。

私のため？　私はずっと「聖女にはなりたくなかった」と言っていたのに？

嘘をついているようには見えない。私を思っての行動なのは、きっと本当なのだろう。

でも、どれだけ私を想ってくれていても、望まない事をされてしまっては、素直に喜びも感謝もできない。

……いや、そもそもシルヴェストは本来私の気持ちを尊重してくれる、とても優しい友人だ。私の気持ちを無視してまで、自分本位の意趣返しをするような子ではない。まるで気持ちのすれ違いが起きたかのようだ。でも、だとしたら何故。

そこまで考えて、ハッとした。


――私は本当に自分の気持ちを、彼にきちんと伝えていた？


たしかに私は彼に再三「聖女になれなくてむしろよかった」と言っていたけど、きちんと膝をつき合わせてその理由を話しただろうか。ずっと一緒にいるからと、彼に甘えて言葉にする手間を省いてしまっていなかったか。

彼は私が周りから『聖女になれなかった令嬢』と言われている事に、前から不服を漏らしていた。

私はそれをいつも曖昧に笑って受け流していた。その時の私を見て、もし彼が「無理して笑っている」と思っていたのだとしたら。
《周りの脚光を浴びるのも、憧れられて、尊敬されて、祝福されるのも、全部『本物の愛し子』に与えられるべきものだ！　なのに周りに嘲笑われたり、あの女にドヤ顔をされたり。そんなのアディーテが……可哀想だ》
彼の視線が前足に落ちる。

あぁ、シルヴェストを今こんなにも悲しませているのは、私だ。


「ごめんなさい、シルヴェスト」

目の前でしおれている友人に、自然と謝罪の言葉が零れた。

彼には私自身の言葉で、きちんと気持ちを伝えるべきだ。そう思って。

「でも私、本当によかったと思っているのよ？　聖女になれなかった事」

彼の丸い背中に手を伸ばす。

そっと触れると手のひら越しに、柔らかくて温かい感触と、どこかいじけた空気が伝わってくる。

すぐに答えは返ってこなかった。でも彼は逃げない。それだけで私には十分だった。

「もちろん聖女の力には感謝してる。この力のお陰で、私はシルヴェストと友人になれたのだから。でもそれだけで十分なのよ。シルヴェストも知っているでしょう？　私が、必要以上に目立つのを苦手に思っている事は」

ヘチョリと垂れていた彼の耳が、ピクリと小さな反応を見せた。

「今日、ララーさんが皆の注目を集めているところを見て、改めて『私は聖女に向いていない』と思ったわ」

大丈夫(だいじょうぶ)、ちゃんと聞いてくれている。そんな確信と共に、苦笑(くしょう)交じりに言葉を続ける。

正直な気持ちを吐露(とろ)すると、やっと彼が口を開く。

《……でも将来の栄光は》

「要(い)らないわ」

《人々の尊敬も》

「私には過ぎたものよ」

静かに、しかしキッパリと言う。それでも彼は食い下がってくる。

《でも不自由のない生活だって！》

「今のままで十分」

《それに、あんなに悪口だって!!》

「もし聖女になったって、きっと何かしら言われていたと思わない？」

詰め寄ってきていたシルヴェストが、ついに言葉を詰まらせた。

しかし表情はまだ納得できていない。今きちんと伝えなければ、また同じ事が起きてしまいそうである。だから。

「そんな事よりも私は、私のためにした行動のせいで貴方が周りから悪く言われる事の方が嫌よ。大切な友人を、他人から悪く言われたくない。きっと貴方がそう思ってくれているように、私だってそう思っているの」

私は眉尻を下げながら、一番の心配を口にした。

彼はヒトには見えないけど、起きた事象は記憶に残る。

もし誰かが「これはヒトには行使できない力で齎された結果だ」と気がついて、「精霊は邪悪で恐ろしい」などと言い始めたら。そんな想像をするだけで、私はとても悲しくなる。

私の言葉に、色々と想像したのだろう。やがて彼は《うん》と頷いて、膝上から飛び立ちゆるゆると肩に着地する。

《ごめんね、アディーテ》

呟くような声と共に、彼の鼻先が私の頬にチョンと当たった。

これは、二人の間で決めている喧嘩の後の和解の儀式だ。私はいつもその背を撫でて、

彼の謝罪を受け入れる。

「私こそ。ありがとうシルヴェスト」

優しく白い毛並みを撫でると、彼は甘えて鼻先をグリグリと頬に強く押しつけてくる。くすぐったくて、温かい。どちらともなく笑い出して、やっと和やかな空気になった。

しかし、残念ながらそれで事は済まないらしい。

コンコンコン。部屋の扉が外からノックされ、私は「はい」と言葉を返す。

「失礼いたします」

開かれた扉に視線をやると、真面目顔のメイドが告げた。

「アディーテお嬢様、旦那様がお呼びです。『王城から使いの者がきた。そう言えば用件は分かる筈だ』と」

思わず口からため息が漏れる。

王城からきた使者の用件なんて限られる。今回はおそらく陛下からの召喚命令あたりだろう。

用件が先程の儀式中の騒ぎの件である事は、ほぼ間違いないだろう。

あの時何が起きたのか、まだほぼ何も把握できていない私でも、流石にあれが平民を巻き込んだ大騒動だった事くらいは分かる。

国賓(こくひん)である聖女の晴れ舞台(ぶたい)の、最後に泥(どろ)を付けられた形だ。王城が調査に動くのも頷ける。

聖女になれなかった私には、ララーさんの儀式(ぎしき)の成功を妨害(ぼうがい)する動機がある。いつか事情聴取に呼ばれるだろうとは思っていた。

けれど、まさかこんなにも早いとは。もしかしたら、私が思っているよりもずっと、大事になっているのかもしれない。

つい先程部屋着に着替(きが)えたばかりなのに、また外出用のドレスに着替えなければならないのは少し面倒臭(めんどうくさ)いけど、王族からの要求を突(つ)っぱねるのも難しい。

「……分かったわ。すぐに行くと伝えてちょうだい」

応じる旨を伝えると、メイドが「畏(かしこ)まりました」と頭を下げた。

着替えながら、私は憂鬱(ゆううつ)なため息を吐く。

もし今日の召喚で、一連の事態が私のせいになってしまったら。聖女に危害を加えた罪で、最悪極刑(きょっけい)だってあり得る。

それだけで既に冷(ひ)や汗(あせ)ものだが、私が抱(いだ)く懸念(けねん)はそれだけではない。

今回の件にシルヴェストが関わっている事は、私だけが知っている。もし私が口を滑らせて彼(かれ)の関与が露呈(ろてい)したら、シルヴェストの悪戯(いたずら)だけではない。芋(いも)づる式(しき)に私の正体もバレるだろう。

私は聖女になりたくない。

シルヴェストには先程『目立ちたくないからだ』と言ったけど、本当はもっと切実な理由がもう一つある。


私は、聖女になるのが怖い。


国が厄災に見舞われた時に現れるとされる聖女については、多くの記録が残っている。そのすべてに共通するのが『聖女は誰からも敬われる人格者で、聖女は誰にも成し得ない事を為す救世主だ』と記されている事だ。

過去の聖女たちは皆、時には魔獣の盾になり、時には他国との争いの抑止力として政治の場に駆り出された。戦争の最前線に身を投じ若くして生を終えた聖女だって、少なくない。

彼女たちは事ある毎に『崇高な献身で国を救った』『清い心で尊い犠牲になる事を選んだ』と、様々な文献に綴られている。

しかし歴代の聖女たちは、本当に皆自ら望んで、世界のために命を投げ売ったのか。物理的に、あるいは精神的にそうある事を他者から望まれて、抗えなかった方はいなかったのか。

いや、もしすべての聖女が本当に尊い志で命を終えたのだとしても、私は彼女たちのようにはなれない。

誰とも知れない人たちのために身を捧げるだなんて、できない。きっと逃げたくなってしまう。

しかし逃げる事は許されず、まず感情をすり潰されて、最後には体まで使い潰されて、潰える事になるのではないか。そんな恐怖に苛まれる。

だから、私は聖女にはなりたくない。

でもこんな事、シルヴェストには言えない。

彼は『聖女』を愛し、とても誇らしく思っている。そんな彼に「聖女である事が怖いから逃げたい」なんて、絶対に。

だからこそ、せっかく手に入れた「聖女に選ばれなかった」この幸運を、絶対に手放したくはない。

そのために私が今、できる事は。

（ねぇシルヴェスト、あの時貴方は何をしたの？）

王城へ向かう馬車の中、私は彼にそう尋ねた。

彼は一瞬キョトンとした後、《いつも通りの、ちょっとしたイタズラだよ》と言って、首をすくめてみせる。

《僕は聖女を風に巻いただけ。驚かせてやろうと思っただけだから、もちろん木の葉を巻き上げるくらいの強さの風だったし、実際に傷一つ付けてないよ》

え、それで一体どうやったら、あんな騒動に発展するの……？

せっかく一つ疑問が解消されたと思ったのに、また一つ謎が深まった。

王城に出向き謁見の間へと通された私は、すぐに自らの認識の甘さを悟った。
「面を上げよ」
陛下の言葉に促されゆっくりと顔を上げると、まっすぐと伸びるレッドカーペットの先には、国王陛下の他に王妃様に側妃様、王太子殿下。果てには公務にはまだ滅多に顔を出さない、第二王子まで勢ぞろいだった。
しかし集まっているのは、何も彼らだけではない。

「アディーテよ、今日はそなたに聞きたい事があって呼んだ。少数精鋭の席だ。その意味を、そなたならば理解できるだろう」

玉座に座るグレー髪の初老の男性が、伸ばした髭をさすりながら言う。

おそらく私は陛下の期待に、応える事ができている。

自分を取り巻く状況の悪さを否応なしに突き付けられて、思わず口の端が引きつった。

レッドカーペットの脇に立ち並ぶのは、宰相様だけではない。国防の要である騎士団長様と魔法師団長様。教会からは神官長様と、聖女のララーさんもいる。

ここまで少数精鋭と呼ぶに相応しいこの国の重要人物たちが揃うのは、それこそ国を挙げての儀式や催しの時くらいだろう。

他の者たちをすべて廃している事も含め、陛下がこれから国家規模の話を内密にしようとしているのだろうことは、察するに余りある。

それだけではなくこの現状は、私に対する「隠し立てはせずに素直に白状しろ」という無言の圧力でもあるような気がした。

少しでも動揺を表情に出せば、きっとひとたまりもない。そう考えるだけで、汗が頬を伝い落ちていく。

そもそもこうして皆の注目をあびているだけでも苦行なのに、どうしてこんなアウェイな場所で孤軍奮闘しなければならないのか。顔を出してきた憂鬱と弱気に、私は一人、眉尻を下げた。

そんな私の心の動きを目敏く察してくれたのが、屋敷からついてきてくれたあの可愛い友人だ。

《大丈夫だよ、なんて言ったって僕が隣についてるんだからね》

（ありがとう、シルヴェスト。でも今回は、お願いだから大人しくしていてね……？）

《えー？》

今にも実力行使に出そうな気概を感じて念のためにと釘を刺したのだけど、正解だった。返ってきた不服そうな了解に、私はホッと胸を撫でおろす。

しかし次の陛下の言葉で、私はすぐに背筋を正すことになる。

「今日起きた諸々の事件について、そなたに幾つか聞きたい事がある」

気のせいだろうか。陛下の言葉が私には、私が答えを持っていると確信しているかのように聞こえた。

あながち間違ってはいないだけに、思わずドキッとしてしまう。

が、顔に出してはいけない。動揺を悟られないように、顔の筋肉を総動員して涼しげな表情を取り繕った。口では従順に「はい、私が答えられる事であれば」と言って、それらしく頭も垂れておく。

陛下が「うむ」と頷いて、臣下の列に目配せをした。それに答えて前に出たのは、金色の刺繍が入れられた白いローブを着た男性だ。

長い水色の髪を後ろで一つに束ねた青年だった。スラっと伸びた背に細身の体、中性的な顔立ちで、柔和な笑みがよく似合う。

直接話した事はないけど、彼の事は知っていた。

名は、セリオズ・チェザーリオ。

柔らかな面持ちとは裏腹に、実家である伯爵家の次期当主の座を弟に譲ってまで魔法師団入りし、類まれなる魔法の才で今や最年少で師団長にまで上り詰めた人物だ。

社交界では「変わり者だ」と言う者もいるらしいけど、まごう事なき実力者である。

その彼が、私の前で立ち止まり、頭上に片手を翳してきた。

彼の中の魔力が高まる。まるで呼吸でもするかのような、流れるような魔力操作だ。

思わず感じ入っているうちに、魔法は形成された。彼はニコリと微笑み、言う。

「これで君はもう、私に嘘が吐けません」

一瞬意味が分からなかった。けれど、少し遅れて理解が追いつく。

嘘が吐けない。その言葉を現実にする魔法を、一つだけ知っている。

精神魔法『お見通し』。高い魔力と精密な魔力操作が要求される、発動させる事さえ難しい高等魔法の一つである。

私も本でその存在を知っているだけだ。発動されたのは初めて見た。

驚きに目を見開くと、彼は何故か少し嬉しそうに目を細めた。しかし彼の表情の理由を考える時間はない。

たしか文献には「嘘を吐けば術者に分かる魔法」だと記されていた。どの程度の精度かは分からないけど、秘密を抱える私には大きな脅威に他ならない。

《ねぇアディーテ。何の断りもなく勝手に魔法をかけてきたこの不届き魔法師、ペチャンコにしていいよね？》

（ダメよ、シルヴェスト。急にそんな事をしたら、皆がビックリしてしまうでしょう？）

シルヴェストの過激派発言にいつも通りの軽口を返す事で、私はどうにか平静を保つ事ができた。

そんな自分に安堵する。しかしシルヴェストの怒りは止まらない。

《でもこの魔法、ヒトの間では『罪人への聴取で使う魔法』でしょ⁈　それってつまりアディーテを、罪人扱いしてるって事じゃないか！》

（たしかに疑ってはいるのでしょうけど）

真面目な話、だからこそ余計な動きは避けるべきだ。

もし周りを騎士や魔法師たちに囲まれたとしても、いざとなればシルヴェストが圧倒的な力で場を掌握できる。この場から逃げる事もできるだろう。

もちろん本当にそんな事をさせるつもりはないけど、そういう選択肢があるだけで、幾らか気は楽になる。

一人ホッとしている私に、少し呆れたようなシルヴェストの《仕方がないなぁ》という声が返ってきた。

お陰で師団長様は何事もなく、元の場所へと戻っていく。その姿を目で追い見届けてから、陛下は私に向き直った。

「今日のお披露目の儀の騒動について、そなたはどれほど知っている？」

「私の立っていた位置からでは、外の様子はよく見えませんでした。そのため大したことは知りませんが、『どうやら聖女様が風に巻かれたらしい』という話は聞きかじっています」

本当は馬車の中でシルヴェストから聞いた話だ。しかし彼曰く、《下級精霊たちが『ヒトたちが皆そう囁いてる』って言ってた》らしいので、おそらく私が知っていても、おかしな話ではないだろう。

誰に聞いたかに言及しない限り、嘘を言っている事にはならない。あの魔法にも引っ掛からない……と今は信じたい。

「そなたの認識通り、今回の件は聖女が外に出てすぐ、急に風に巻かれた事に端を発する。驚いた聖女が誤って魔法を暴発させ、平民たちに火球が飛んだのだ」

「そう、だったのですか……」

眉尻を下げながら、相槌を打つ。

実際には知っていた事だった。これもシルヴェストからの情報である。

彼のした事がそんな事態を作ってしまった事には、私も少し責任を感じている。

しかし精霊とは、下手をすれば天変地異さえ起こせる存在だ。この程度で済んでよかった、という考え方もある。

が、どうやら事態は私が思っていたより酷かったらしい。

「その後、雨のように降り注ぐ魔法に平民たちは皆逃げ回り、混乱を鎮めるために騎士団が事態を鎮圧した」

「えっ」

聞いていた話とまったく違う。

私がシルヴェストから聞いていたのは「聖女が風に巻かれ、魔法が暴発。平民たちが驚いたが、騎士たちが宥めた」という話である。放たれた魔法の数も騎士団が鎮圧などという半ば強硬的な手段に出ていた事も、まったくの初耳だった。

　しかし、これで何故陛下たちがこんなにも早く私を呼び出したのかは、おおよそ察する事ができた。

　聖女が何の罪もない平民に攻撃を向けるなんて、前代未聞もいいところである。下手をすれば聖女の威厳と絶大な影響力が損われかねない。

　国に安寧を齎す事が聖女の役割だと考えると、聖女の信用失墜は国に不穏の種を落とす要因にもなり得る。一刻も早く事を沈静化させるために、きっと急ぐ必要があったのだろう。

「そなたに聞きたいのは、聖女の魔法暴発の原因についてだ。何か心当たりはないだろうか」

「外的要因がある、と陛下はお考えですか?」

「可能性はあると思っている」

　陛下から探るような目を向けられて、私は人知れずつばを飲み込んだ。

　この方は私に、どのような答えを求めているのだろう。

　私のせいにしたいのか、それとも他の存在に理由を求めたいのか。どちらを望んでいたとしても、私にとってはよくない事態だけど。

（ねぇシルヴェスト。一応聞いておくけれど、彼女の魔法の暴発は――）

《もちろん僕のせいじゃないよ。他の精霊のせいでもない。単に偽聖女の魔法制御が未熟だったっていうだけ。本当に迷惑な話だよね》

（ララーさんは他の方より内包魔力が高いから、それだけ制御も難しいのでしょうけど）

《それにしたってって感じだよ。ちょっと驚いただけで魔法を暴発させるようなやつが『聖女』を名乗ってるんだから、図々しいにも程がある！》

たしかに魔法制御は、魔法行使の初歩中の初歩だ。彼の言わんとする事も分かる。内心で苦笑しながら、私は陛下に腰を折る。

「申し訳ありません。私が力になれる事はなさそうです」

陛下がチラリと臣下の列に目を向け、師団長様が首を横に振った。

難しい顔で「そうか」と唸った陛下を見ると、どうやら彼の魔法は言葉の嘘を察知するタイプのものらしい。知っているだけではバレない事を知り、一人安堵する。

しかしそんな私の耳に「今のは聞き捨てならないな！」という勇ましい声が飛び込んできた。

声の主は師団長様のすぐ隣、臣下の列で騎士服を着て立っている壮年の男性――この国の騎士団長だった。

眉間にしわを深く刻んだ彼は、顎を上げて私を見下ろし、ピッと指をさしてくる。

「あんたが仕組んだんだろう！　俺たちが今回の警備に大盾を装備しないっていう話を、事前に知っていたと聞いている！」

怒気を孕んだ声と表情に、私は反射的に怯む。

しかしどうやらその反応が、彼には不服に思っているように見えてしまったようである。

尚の事肩を怒らせて「文句がありそうだな」と、更に声を荒らげられてしまった。

「しらばっくれるのは許さんぞ！　大盾の装備がない中で、俺の部下たちがどうやって平民を守り切ったと思っている！　自らの体を盾にして防いだのだぞ！」

「えっ、騎士たちは無事なのですか?!」

考えるよりも先に、そんな言葉が口を突いて出ていた。

守り切ったというのだから、平民に負傷者はいなかったのだろう。咄嗟にそう考えて、平民たちの方は心配から除外する。

そしてその想像は、おそらく間違っていなかった。

「心配するな、アディーテよ。あの場に治癒不可能な者は一人もいなかった」

私と騎士団長様の間に、陛下が取り成すように言葉を挟んだ。

私はホッと胸を撫でおろし、小さく「よかった」と呟く。しかしそれが騎士団長様の感情に更に油を注いだ。

「貴様、よかったとは何事か！　それも他人事のように！」

歯をむき出しにして、それはものすごい剣幕だった。

たしかにこの件を故意に引き起こしたのが私だと信じている方から見れば、今の私のこの言葉は白々しく聞こえてしまったかもしれない。

これだけ彼が怒りを抱けるのは、部下を想っているからこそだろう。とてもいい上司だとも思う。

しかし、このままでは私が何らかの画策をしたという話になりかねない。これ以上彼を怒らせたくはないけど、できれば否定はしておきたい。

困ったな、と思っていたところ、思わぬところから助けが現れた。

「騎士団長、まさか本当に『彼女が警備情報を前もって知っていた』などという与太話を信じているのですか？」

「与太話、だと？」

柔らかな口調で騎士団長様に物申したのは、師団長様だ。その横やりに、騎士団長様がひどく気分を害した顔になる。

しかしそれをものともせずに、師団長様は涼しい顔だ。

「たしかに彼女は公爵家の令嬢です。それなりの影響力は持っているでしょうが、なにも特別な役職に就いているという訳ではありません。それが一体どうやって、王が御座す場の警備計画を見聞きできるというのです」

「曲がりなりにも聖女の最終候補にまで残った女だ。人脈なり魔法なりで、きっとどうにかしたのだろう」

　吐き捨てるように告げられたその言葉に、私は思わず遠い目になってしまう。

　魔法についてはさて置いても、人脈だなんて。常に何かを企んでいると思われ周りから遠巻きにされている私からは、一番遠い言葉である。

「証拠もなくそんな事を言っているのなら、それは流石に暴論でしょう。そもそも王族の方々の護衛体制は国家機密、そして機密は例外なく、機密区画以外の場所で口にする事を禁じられています。にも拘らず情報が漏れたというのなら、貴方や貴方の部下のどなたかが外で口にした事になりますが？」

「そのような危機管理意識が足りない者は、俺の部下には一人もいない！」

「ならば機密区画に張り巡らせた結界の強度をお疑いで？」

「そ、それは……」

「機密区画は、いざとなったら王族の避難先にもなり得る場所です。侵入・盗聴防止の結界は、常に私が最大強度に保っていますし、少しでも何かが干渉すればすぐに分かるようにもしています。もし私が怠惰でないのなら、私に気付かれる事もなく中での会話を盗み聞く術を彼女が持っているという事になりますが……そのようなものが本当にあるのなら、今すぐ教えていただきたいものです」

僅かに細められた師団長様の瞳は、自分の仕事に自負を持つ者のものだった。

その迫力に気圧されたのか、騎士団長様は完全に返す言葉を失っている。

とりあえずどうにかなりそうだ。危機を脱してホッとした――のだけど。

《まぁ僕ならできるけどね。魔法じゃ精霊の侵入は防げないし》

まさかの事実に冷や汗がドッと出る。

（……ねぇシルヴェスト。お願いだから、機密区画で聞いた話は間違っても私に耳打ちしないでね？）

《え、ダメなの？》

（ダメよ。だってもし知らずに聞いてうっかり口になんてしちゃったら、否応なしに牢獄生活に突入よ？）

《ちぇーっ、そっかー。じゃあしょうがないねー……》

残念そうな声と共にツンと口を尖らせる彼の姿はとても可愛らしいけど、危ない危ない。

油断も隙もあったものではない。

「セリオズよ。現状において、他者が機密区画の話を盗み聞く術はないのだな？」

「はい、陛下。人知を超えた力相手ならば流石に断言はできませんが――まさか聖女様が自作自演なさる筈もないでしょうし」

言いながら、師団長様はまっすぐラーさんの方を見る。

おそらく『人知を超えた力』とは、聖女としての能力や精霊に関する事象を指しているのだろう。

殿下が割り込むように「当たり前だ！」と声を荒らげれば、おそらく想定していた返しだったのだろう。師団長様がすぐに「そうでしょうね」と言葉を返す。

一方私は一人、ホッと胸を撫でおろしていた。

実は一瞬、師団長様に私が聖女だとバレたのかと思ったのである。しかし今の彼を見るに、どうやら自意識過剰だったらしい。

きっと先程かけられた魔法のせいで、こういった事に少々過敏になっているのだ。しかしそんなヒヤヒヤする時間も、そろそろ終わる。

もう今日の騒動については、一通り聞き終わった筈。あとはこの場を辞するまで卒なく振る舞えば――。

「ではそろそろ本題に戻ろう。もう一つ、そなたに聞きたい事がある」

喉から出かかった驚きを、ギリギリのところで呑み込んだ。

え、聴取、まだ続くの？　頭上にクエスチョンマークが浮かぶが、陛下はお構いなしに続ける。

「実は教会での騒動後、戻ると城内が騒がしくてな。残っていた官吏に尋ねると、肖像の間で大きな物音がしたという」

肖像の間とは、歴代王族の肖像画が飾られている部屋である。

この世に一枚ずつしかない尊い方々の絵が飾られているとあって、室内には基本的に代々の国王以外の入室が禁じられており、唯一陛下の許可を得た者だけが『陛下と共に』という条件付きで、やっと入室を許される。

機密区画の一角にあるため、魔法によって物理的・魔法的に外敵から守られているし、部屋の鍵は陛下しか持っていない。護衛であっても室外で仕事を全うし、新たな肖像を飾る際にも陛下自らが必ず立ち会うという徹底ぶりだ。

そのような場所で陛下の外出中に大きな物音がするなんて、通常ではありえない。

もしかして陛下が窓を閉め忘れたとか？

そんな私の想像をすぐに察したのだろう。陛下はすぐに「あの部屋の窓は閉まっていたし、扉の鍵は常に持ち歩いておる」と教えてくれた。

「にも拘らず、扉を開けると落ちていたのだ。壁にしっかりと掛けていた筈の、私の肖像画が」

彼の言葉に、思わず両手で口元を押さえる。

肖像画は、その人の分身も同然だ。それが落ちるのは不吉の予兆。縁起が悪いため、何があっても落ちないように、どの家でもしっかりと壁に留める。貴族家でさえそうなのだから、王族ともなれば尚更だろう。

それが落ちた。しかも、よりにもよって現国王の肖像画が。

まるで『国の治世に陰りあり』と予言でもしているかのようだ。私でさえ即座にそんな連想をしたのだから、噂好きの方々には恰好の餌食だろう。

しかしなるほど、それでここに集う者たちを少数精鋭にしたのか。

聖女のお披露目という国にとって重要な儀式の日に、本来ならば起きえない筈のトラブルが立て続けに起きた。それが周りに知れ渡れば、心理的影響は計り知れない。

国の未来を不安視した一団がクーデターを起こし、国が一つ滅亡する……という話は、これまでの歴史に山ほどある。

しかし、それを知ったところで私にできる事はない。そもそもこの件に関しては、私には何一つ心当たりさえないのだし――。

《あっ》

（どうかした？　シルヴェスト）

急に上がった声の方に目を向けると、まるで不都合な事に気がついてしまったかのような、複雑な面持ちの彼がそこにいた。

何だろう。ものすごく嫌な予感がする。

《いやぁ、あのさ……さっきここに来る途中で、何匹かの下級精霊とすれ違ったじゃない？》

（ええ、まぁたしかにそうだけど……でもそんなの、いつもの事でしょう？）

精霊は、ヒトに知覚できないというだけで、わりとどこにでも存在している。

下級ともなれば尚更だ。王城内も、例外ではない。

《アディーテにはいつも、下級の声は聞こえてないけど、姿は見えてるでしょ？　ここに来るまでに会った彼らの様子は覚えてる？》

そう言われて私は頷く。

下級精霊は力が弱くて、まだうまく自身を象れない。私には常に光る球体に見えているから、表情が見える訳ではない。けれど大まかな感情くらいは、少し見ていれば読み取れる。

（そういえば、何だかちょっといつもより嬉しそうというか、楽しそうな感じに見えたわ）

彼らを見かけた時、私はたしか「何かいい事でもあったのかな」と思ったのだ。しかしそれが何だというのだろう。

《今思えば、おかしな話だったんだ。最近はずっとアディーテが聖女に選ばれなかったせいで、みんな機嫌が悪かったのに》

言いながら、シルヴェストのつぶらな瞳が私の顔色を窺ってくる。

《そんな彼らが機嫌を直すような何かがあったんだよ、多分。いや、『あった』というか『やった』って言った方が正しいのかもしれないけど》

罰の悪そうな表情が、私の中に生まれた嫌な予感にせっせと養分を与える。

《彼ら、僕に言ったんだ。嬉しそうに「やりましたよ！」って》

さっきの今である。一体何を『やりましたよ』なのか、少なくともシルヴェストが何を思ったのかくらいは、私にもすぐに想像がついた。

王の肖像画を落としてやりましたよ、だ。

……いや、まだ希望はある。これはあくまでも想像で、事実ではないという希望が。

《で、今ちょっと確認してみたら、すんごい勢いで『褒めて褒めてーっ！』って下級たちが》

あー……。これは多分アウトだ。

思わず天を仰ぎたくなったけど、陛下の御前だ。気持ちをグッと抑え込み、どうにか遠い目になるだけに留める。しかしすべては取り繕えなかった。

「何か知らぬか？　アディーテよ」

「いっ、いえ何も！」

反射的に否定してしまい、私はすぐに後悔する羽目になる。

今の私は『お見通し』をかけられている。精霊たちの行いを知らなかった時ならまだしも、知ってしまった後の否定は、明らかな嘘になるだろう。

バレてしまう。そんな恐怖が足元から這い上がってくる。

突如として口をついて出た「申し訳ありません」という言葉も、その声が僅かに震えた理由も、すべては嘘への謝罪だったからだ。

しかし状況は意外にも、悪くは転ばなかった。

「よい、そう謝るな。こちらも普通なら分からぬことを、そなたに聞いているのだからな」

陛下からかけられた言葉は優しく、私を気遣うものだった。どうやら私の謝罪を、いいように受け取ってくれたらしい。
安堵する反面、私はどうしても一つ気になって、臣下の列にチラリと目をやった。

魔法で私を探っている筈なのに、師団長様はまるで何事もなかったかのように、微笑を湛えて立っている。

こちらを向きさえしないのは、私の嘘に気がついていないからなのだろうか。もしかして、シルヴェストが何かしてくれた？　そう思いはしたものの、彼に真相を尋ねる暇もなく陛下が「それでだな」と眉尻を下げた。

「その後も、王城中のガラスというガラスが軒並み壊れ」

「え」

「その上壺という壺が謎の破裂をし」

「ええっ」

「ついにはシーツというシーツが謎の燃焼を遂げ――」

「お、お怪我はなかったのですか?!」

流石に黙っていられなくて、気が付けば話に横やりを入れていた。すぐに「陛下の言葉を遮るなんて」と自らを恥じ入ったものの、彼は何故か「最初に気にするのはそこなのだな」と、むしろ好意的に笑う。

「幸いにも、怪我人はいない」

「そうですか。それはよかった……」

「まったくよくなどありません」

私が告げた安堵の声を、先程とはまた別の声が遮ってくる。

見れば宰相様が眉間を押さえ、深いため息を吐いていた。

「原因不明というだけで周りは怯えている上に、あれだけのガラスや壺やシーツがダメになってしまったのですよ？　どれだけの無駄な財政的負担が発生するか……。加えてこの件は、城内のあらゆる場所で発生してしまいました。肖像画の件のようにかん口令を敷いたところで、あまり意味は成さないでしょう。お披露目の儀での騒動も相まって、今後国内では少なからず、今の治世を不安視する空気が流れる事となるでしょう」

なるほど。それはたしかに宰相様の言う通り、まったくよくない状況だ。

私は少し不安になって、隣でフワフワと浮いているウサギの形の精霊に聞く。

（ねぇシルヴェスト。まさかさっきの『やりました』に、今話していた件も含まれている、なんて事はないわよね……？）

《やったかどうかは知らないけど、可能か不可能かで言うんなら、そのくらい簡単にできるよね。シーツは火精霊で、壺は……誰かな。でもガラスなら、多分水精霊じゃないか

な？「見た目は似てるのに硬いから嫌い」って前に言ってたのを聞いた事がある》

〈『見た目は似てるのに』？　透明だから？〉

《そうなのかなぁ？　僕にはよく分かんないや》

どうやら風属性の精霊・シルヴェストには、水属性の感性は理解できないらしい。が、一つだけ分かった事がある。

きっとこれも残念ながら、精霊たちの仕業だ。

下級精霊は、たしかに『下級』と付くだけあって一匹ずつの力は弱い。おそらく一匹では物体にまったく影響を与えられないし、知能もあまり発達していないから、難しい事も企めない。

しかしその分互いに感情が同調しやすく、稀に力の結合によって偶発的な事故を引き起こす事がある。

シルヴェストの《皆アディーテの事が大好きだからなぁ》という苦笑じみた呟きから、私は「もしかしたら彼らも、シルヴェストと似たような理由で王城内にイタズラを仕掛けたのかもしれない」と思い至ってしまった。

しかし、もしそうだとしても、やはり今の私にできる事はない。

宰相様の苦労や苦悩には同情するけど、彼が望んでいるのはそういう事ではないだろう。

鋭い目つきで私の反応をつぶさに観察してくる彼に居心地の悪さを感じていると、陛下が呆れたような声で言う。

「そのような事を彼女に言って当たっても仕方がないだろう。悪かったな、アディーテよ」

「いえそんな、滅相もありません」

「今日はわざわざの足労、ご苦労だった」

「はい陛下」

頭を下げて彼に応えると、話の終わりを察知したのだろう。退屈そうにしていたシルヴェストが、私の頬をテシテシと叩いてくる。

《ねぇアディーテ、やっと終わる？》

（ええ、おそらくね）

《やった。じゃあ帰ろ！》

（すぐ終わるから、もう少しだけ待っていて）

乗り切った。そんな安堵を抱きつつシルヴェストの相手をしていると、前でダンッという大きな音が響いた。

「お待ちください、父上！　この女がララーに何かしたのは間違いない！　でなければ、ララーがあんな事故を起こす筈がないのです！」

王族席から王太子殿下が、床を鳴らして立ち上がっていた。せっかく纏まりかけていた話に水を差されたも同然の陛下は、「はぁ……何が言いたいのだ、ザイア」と煩わしげにため息を吐く。

しかし、殿下はまるで意に介さない。

「この女は、聖女・ララーを妬み、その威光に影を落とさんと画策したに違いありません！　今ここで適切な処分を下し、ララーを周囲のよくない評価から守る事こそが最善手!!　まずはアディーテ・ソルランツの身柄を拘束し――」

「彼女が何かをしたという証拠はない」

「それは、きっと魔法を使ったのです！　学園時代から魔法だけは厭にうまかったんだ！」

宥めるような陛下の声色を押しのけて、殿下が荒々しく反論をする。

学園とは、貴族の子女と特待扱いを受けている一部の平民の学び舎だ。私も殿下もララーさんも、皆先日まで通っていた卒業生である。

彼はきっと、その時の事を言っているのだろう。しかしそれは陛下の呆れを更に買う結果にしかならない。

「儀式の場で魔法の反応はなかったし、今も彼女は一度も嘘をついていない。すべてはセリオズによって証明されている。無駄に話を蒸し返すな」

陛下の声が、段々と剣呑になってきた。

すると、臣下の列から「陛下！」と声を上げながら、一人の少女が走り出してきた。

王族を守る守衛騎士たちが、許可のない者の接近を拒むために即座に剣を抜いた。

殿下が咄嗟に「ララーに剣を向けるとは何事か！」と声を荒らげたものの、この場の最高位は陛下である。その声に従う者はいない。

一方躍り出たララーさんは、まるで『自分は絶対に害されない』という確信があったのかのように、向けられた剣に動じる様子もなく、まっすぐに陛下を見上げていた。

「殿下は私のために怒ってくれているんです!!　お願いですから、そんなに叱らないであげてください！」

名乗りもしなければ、礼を尽くす様子もない。にも拘らず胸の前で両手の指を組むその姿は、彼女を可憐で献身的に見せた。

切っ先にも怯まぬ彼女の直談判に、殿下は「ララー……！」と感激の声を上げた。

そして、まるで「彼女から勇気をもらった」と言わんばかりに顔を上げ、先程よりも意志の籠った目を陛下に向ける。

「騙されてはいけません、父上！　いつも何かを企んでいるその女に、そこの魔法師がすでに抱き込まれている可能性があります！　簡単に誑かされたその魔法師にも、必要な処分を！」

彼は彼できっと、世間の目からララーさんを守りたくて必死なのだろう。

その気持ちも必死さも、もちろん分からなくはない。けれど、百歩譲ってもしシルヴェストの仕業＝私にも責任があるという話になるとしても、師団長様が私と結託している事実は皆無だ。師団長様に対して失礼だし、巻き込んでしまうのは忍びない。

「それこそ憶測に過ぎんではないか。それほど彼女やセリオズを断じたいのなら、この場で相応の証拠を示せ」

「しかしそれでは、ララーの淑女としての面目が!!」

「『淑女としての』？」

「あ……」

聖女としてではなく、淑女としての。殿下の言葉に違和感を持った陛下が片眉を上げて尋ね返せば、己の失言を悟った殿下が一気に勢いをなくした。

一体どうしたのだろう。

（ねぇシルヴェスト、『淑女としての面目』って、一体ララーさんに何があったの？）

謁見の間に通される前にシルヴェストから聞いた限りでは、特に殿下が問題にするような事柄はなかったように思うけど……などと思いながら、聞いてみる。

しかし、きっと彼にも心当たりがないのだろう。

《何って別に、本当にただあの女を風に巻いてやっただけだよ》

（本当に？）

私の問いに、彼は困り顔で《今更嘘なんてついてどうするのさ》と言ってきた。

が、どうやらそれはただ単に、彼が問題だと認知していなかっただけのようである。

《大体、ちょっとスカートが翻って太ももが見えたくらいで騒いじゃってさ、見苦しいったらありゃしない》

あぁ殿下が気にしているのはきっとそれだ。謎が解けて思わず、苦笑する。

（あのねシルヴェスト、他人に足を見せるというのは、貴族令嬢にとってはとてもはしたない行為なのよ）

一対一でさえそうなのだ、相手が公衆の面前、しかも平民の前でとなれば、尚の事体裁が悪いだろう。

たとえ突然魔法が降ってくるなどというショッキングな事件があったお陰で、ほとんどの方が彼女の生足を記憶になど残していない可能性が高いとしても、殿下にとっては気になるのだろう。

どこか不服そうな表情で《ヒトの理はよく分かんないや》と呟いたシルヴェストを横目

に、私はそんな感想を抱いた。

一方殿下は、自らの失言を経ても尚、まだ諦めがつかないようだ。

「お、俺の身を危険にさらした事はこの際水に流せても、ララーにあんな恥ずかしい思いをさせた事は許せません！　彼女は聖女です。そして聖女への不届きは、精霊の怒りを買う事になる。その不届きを罰しなければ、国にも影響があるかもしれないのですよ⁈」

後半の言い分は理に適っている。十分に私の身を脅かす可能性がある。

にも拘らず、私が危機感を抱くより先に思わずキョトンとしてしまったのは、無視できない程の疑問が前半部分にあったからだ。

えーっと……殿下の身が、いつ危険に？　もし本当にそんな事があったとして、王族の怪我という大事が今まで一度も言及されなかったのは、とても不自然だ。

思わず小首をかしげると、陛下が「大袈裟な」とため息を吐く。

「もしその足首の捻挫の事を言っているのなら、それはただのお前の不注意だ。なんせ教会での騒動に驚いて、勝手にすっ転んだだけなのだからな」

「しかし捻挫をしたのは事実です！」

言葉と共に殿下がズボンを引っ張り上げると、たしかに足首に包帯が巻かれていた。

しかし先程その足で、音が出るほど床を蹴って立ち上がっていた筈だ。怪我と呼べるようなものをしているのかさえ、少し怪しい。

《ねぇアディーテ。この息を吐くように濡れ衣を着せる男、ちょっとくらいなら懲らしめてもいいと思わない？》

（こら、ダメよシルヴェスト。既に密かに風を操って、殿下の髪の毛をマントの留め具に絡ませているの、丸見えよ？）

《こんなヤツ、後でマントを脱ぐ時にでも、引っ掛けた髪を引っ張って「痛っ」てなって、どうにか絡まったのを取ろうとするけどどうにもならなくて、結局髪をちょん切るしかなくなる羽目になればいいんだよ！》

プイッと顔を背けた彼に、私は思わず苦笑した。

厭に具体的で地味に厄介な事を口にしているあたり、かなり鬱憤が溜まってきていると見える。

あまり彼のイタズラ欲求を縛りつけて、取り返しのつかないところで暴発されてしまっても困る。時にはガス抜きも必要だ。

まぁ、そのくらいなら。そう思い、今回のイタズラは見て見ぬふりをする事にした。

どうやら本格的にシルヴェストに嫌われたらしい殿下は、もしかしたらこの先少しばかり風に嫌われる人生になるかもしれない。けれど「日頃の行いが悪かった」と諦めてもらうしかないだろう。

「それに儀式中、アディーテに終始不審な行動がなかったのは、誰でもないお前が一番よく知っている筈だ」

「何のことですか」

「まさか私が気付いていないとでも思ったか。私の許可を得る事もなく、本来ならば自らの身を守らせるべき護衛騎士をアディーテの監視に使っていただろう」

陛下がついに、殿下を睨む。

「証拠もなく、私が彼女の拘束を命じる事はない。……お前も将来王位を継ぐのだ、そろそろ子供じみた考えは改めよ」

陛下の声に、殿下はぐうの音も出ないようだった。悔しそうに歯を食いしばり、両手の拳を強く握って、自身のつま先に目を落とす。が、ここでずっと何かを考え込んでいた様子の宰相様が、おもむろに「陛下」と声を上げた。

「今の話についてですが、たしかに拘束は不要でしょう。しかしアディーテ・ソルランツの身柄については、王城に置いた方がよろしいかと」

「どういう事だ」

「他貴族たちの中には、彼女を疑う者もいるでしょう。そういった者たちから守るために城内に保護するのは正当であり、我々が疑いのある貴族を野放しにしてはいないという一種のアピールにもなります。国が動き彼女が不自由を強いられているとなれば、それで溜飲を下げる者もいるでしょう。彼女への風当たりも少しは弱まるでしょうし、王城での厚遇を約束すれば、彼女から不満も出ないでしょう」

え、嫌だ。どんなに待遇がよかろうが、自らの正体がバレる事を恐れている私にとっては大きなリスクを背負う事でしかないのだから。

しかし、そんな私の気持ちとは裏腹に、陛下は宰相様の言葉に少し考えるそぶりを見せる。

そして。

「うむ、たしかに一理ある。アディーテよ」

「……はい陛下」

「そなたには当面の間、我が城に部屋を用意しよう。決して不自由はさせぬ」

今の言葉を額面通りに受け取れるほど、私も物を知らない訳ではない。『不自由はさせぬ』という言葉が決してすべての行動の自由を保障するものではない事は、私にだって理解できる。

可能であれば、断りたい。しかし今の私は、有罪だという証拠がないだけで、無罪を勝ち取った訳ではないのだ。まさかここで陛下の言葉を突っぱねる訳にもいかず。

「……お気遣いありがとうございます」

私の声に、陛下は人格者の顔で「うむ」と頷いた。

真っ白なモフモフの眉間にシワを寄せたシルヴェストが、しきりに《アディーテの行動を縛ろうだなんて、あのおじさん、ちょっと薙ぎ払ってきてもいいよね？》と聞いてくる。

（ダメよ、シルヴェスト。王様なんて薙ぎ払ったら、選択肢はもう貴方と逃避行一択じゃない）

《いいね、それ。やる？》

（やりません！）

第二章　弱みを握られ取引しました。魔法師団に入ります

王城の二階・ゲストルームで、私はテーブルに肘をついて小さくため息を吐いた。

陛下は約束を守ってくれた。食事も生活環境も、これ以上にないほどよくしてもらっている。

しかし生活に不自由のない事と、楽しい生活が送れているかは別の話だ。

案の定、あれから私はこの部屋から、一度も外に出られていない。

突然決まった王城暮らしのせいで、メイドも連れてこられていなかった。せめて屋敷から手配したいと申し出たものの、やんわりと拒否されてしまい、代わりに現在身の回りの世話は、すべて王城勤めのメイドがしてくれている。

しかし彼女たちは皆、最低限の会話しかしてくれない。退屈しのぎに付き合ってくれる事もなく、一定以上の質問にも「お答えできません」と返される。

三日目からは諦めて逆に「落ち着かないから」と理由を付け、必要以上の入室をしない

ようにしてもらった。お陰で今の私が楽しめるいい暇つぶしは、シルヴェストとの会話だけである。

《ここに来るメイド、みんなあのヒステリー王子が手配したんだってさ。道理でみんなアディーテに感じ悪いわけだよね》

メイドから差し入れてもらった本のページをめくる私に、シルヴェストがツンと口を尖らせながら言う。

きっと暇すぎるのだろう。手足を投げ出してお腹を下にしてテーブルの上にグデーンと寝転がっている。

「殿下の息がかかっているのなら、彼女たちの素っ気なさは『必要以上の情報を与えるな』と釘を刺されてのことでしょう。メイドが雇い主の指示を優先するのは当たり前、むしろ真面目に仕事をしている方たちなのだから、あまり悪く言ってはダメよ？」

《アディーテはちょっと優しすぎるよ。ああいう相手にくらい、敵意を持ってもいいと思うけど》

私なんかよりずっと怒ってくれている優しい彼の額を、指の甲で優しく撫でる。気持ちよさそうに目を細める彼が、とても可愛らしくて和む。

《あ。あの器激ちっちゃい王子、次の差し入れ本をアディーテの好みからわざと外したも

のにするように、今言ってるってさ》

身じろぎをしながら片目を開けて、私を見ながら彼が言う。おそらく下級精霊たちから教えてもらったのだろう。

そういえば、今日の朝「もう読み終えてしまうから」と、昼食時にでも新しい本を持ってきてもらえるように、メイドにお願いしていた。

その際に本の系統を少しリクエストしたのだけど、そういう話なのであれば、あまり期待しない方がいいかもしれない。

《それとあのケチ王子、この前アディーテの紅茶につけるお菓子にまで、いちゃもん付けてたんだって。「アイツの所に運ぶなら、ララーに二人分寄越せ」って。ちょっと心狭すぎない？》

たしかに軟禁二日目頃から、お茶の時間にまったくお菓子が出なくなった。不思議には思っていたのだけど、そういう事なら納得だ。

「この前シルヴェストが『あの聖女、先日の騒動を鑑みて、神官長から直々に力をうまく制御するための特訓をされるらしいよ』って言っていたでしょう？　もしかしたら殿下は、ララーさんに掛かるストレスを心配して、差し入れを増やしたかったのかもしれないわ」

《いやいやアディーテ。もし本当に差し入れを増やしたいだけなら、別にアディーテの分

を取らなくても、普通に偽聖女の方だけ増やせばいいじゃん！　ちょっとは怒ってもいいんだよ？》
「でもお菓子が出なくなったところで食べ物は三食ちゃんと出るのだし、それほど困ってはいないのよ、私。……でもそうね。ララーさんの事はちょっと心配だわ。私の軟禁状態なんていつまで続くか分からないのに、その間ずっとお菓子を二人分もだなんて、体型維持とか大変そうじゃない」
《え、気にするのそこなの？》
　呆れられてしまったけど、これは結構な問題だ。
　コルセットでお腹を無理やり潰す時の苦痛や、そのせいで目の前にある美味しそうな食事が満足に喉を通らない絶望。これほど悲しいものはない。
《アディーテってさ、ホント、意地悪のし甲斐がないというか、何というか……》
「え？」
　一体どういう意味だろう。思わず首をかしげると、《ほら、そういうところだよ》と言われてしまった。
《嫌がらせもさ、結局のところ相手に「嫌がらせだ」って認識されないと、嫌がらせにはならないよね。ザマァ見ろ、あの残念王子》

何だかよく分からないけど、得意げに声を弾ませながらムンと胸を張る彼が可愛い。

しかし思わずふふふっと笑ったところで彼は突然、耳をピンッと聳てた。

体を起こして前足を上げ、キョロキョロと辺りを見回す。明らかに周囲を警戒している。

「シルヴェスト？」

《おかしい、近くに精霊がいなくなった》

言われてみれば、たしかにシルヴェスト以外の精霊が、いつの間にか一匹もいない。

一体どうしたのだろう。不安に眉尻を下げたところで、扉がコンコンとノックされた。

時計を確認してみたけど、昼食の時間にはまだ早い。

「アディーテ様、お客様がいらっしゃいました」

「お客様？」

そんなもの、ここ一週間で初めてだけど。

扉の外から齎された報告に、疑問と警戒心を抱いた。シルヴェストを見れば、怪訝な顔をしていたけど、私と目が合うとすぐに《いざとなったらいつでも逃げられるよ》と言って安心させてくれる。

彼がいれば、大丈夫。自然にそう思えた私は、緊張に両手を握りしめながら、扉の向こう側に告げる。

「……通してください」

「畏まりました。失礼いたします」

メイドの断りと共に、扉がゆっくりと開いた。

洗練された会釈を披露して、メイドがスッと横に避ける。そうして現れた来訪者に、私は思わず驚いた。

水色の長い髪を後ろで一つに束ねた、金色の刺繍が入った白いローブ姿の男性。スラリと背の高いその方は、私を見つけて優しげに微笑む。

魔法師団長・セリオズ・チェザーリオ。彼とはつい先日陛下への謁見の際に、顔を合わせたばかりである。

「急に来てしまい申し訳ありません。しかしご心配なく。陛下から面会の許可はきちんといただいてきましたから」

そんな心配はまったくしていなかったのだけど、私だって勝手な動きをして陛下から反感を買いたい訳ではない。そう思えば、たしかに陛下にあらかじめ許可を得てくれていた事は、ありがたいかもしれない。

が、そんな事より気になるのは、彼が何故わざわざ私を尋ねてきたのかという事だ。

先日の謁見の間での一件以外に、接点がない相手である。理由がまったく分からない。

「君にお話があるのです。少しお時間をいただいても？」

とても優しい声色で、彼は律儀にそう聞いてきた。

なのに、何故だろう。その声が、私には最初から断られる事など想定していないように感じて。

「ど、どうぞ」

その自信に押されるように、気がつけば席を勧める言葉を私は返してしまっていた。


テーブルを挟んだ向こう側に座って紅茶をたしなむ彼は、本当に絵になっている。

ほっそりとしたフェイスラインに陶器のような白い肌、綺麗に通った鼻筋と程よい厚さの唇。中でも思慮深さを思わせる深い青色の瞳は、人を惹きつけて離さない魔性の宝石のような魅力がある。

どちらにしても、どこを取っても文句のつけようがないその造形美は、常に『企み顔』『悪役顔』と言われている私とは、まるで正反対だ。

しかし、そんな彼の美しさと、ニコニコとしながら目の前に座っている彼を心から歓迎できるかは、また別の話だ。

沈黙がどうしようもなく痛い。

相手は今までまったく関わりがなかった上に、共通の話題もない方だ。こういう時にお茶菓子でもあれば少しは気も紛れるのかもしれないけど、あいにくと今ここにはない。

仕方がなくティーカップに口を付けながら「この後、どうしよう」と考える。と、たまたま泳がせた視線の先に、ひどく嫌そうな顔のシルヴェストを見つけた。

《……なんかコイツ、妙なものを持ってる》

(妙なもの？)

彼にしては珍しく抽象的な物言いだ。もしかして彼自身、詳しいことはよく分からないのかもしれない。

だとしたら、師団長様は何を持っているのだろう。シルヴェストでも分からないものだなんて、少し興味をそそられる。

「まだきちんと自己紹介をしていませんでしたね。私は、セリオズ・チェザーリオ。魔法師団の団長をしています」

彼の自己紹介を受けて、慌ててソーサーにカップを置いた。

相手が名乗ってくれたのだから、名乗り返すのが礼儀だろう。そう思い口を開いたところで「知っていますよ」と言葉を遮られた。

「アディーテ・ソルランツ公爵令嬢。ソルランツ公爵家の第二子で長女、今年学園を主席で卒業。勉学に優れているだけではなく、魔法にも長けていると聞いています」

驚いた。まさかこんなにもスラスラと私の経歴が出てくるなんて。

でも、どうして。……もしかして、私の隠し事も知って？

私は無意識に身構えた。すると、そんな不安や戸惑いを感じ取りでもしたのだろうか。

「何のことはありません。魔法師団では毎年決まった時期に入団テストを行い、新たな人員を迎え入れます。その際、より優秀な人材を確保するために、学園の魔法成績優秀者には、こちらからも声をかけるのですよ。君もその候補者だったのです」

やんわりと宥めるように、彼はそう言って微笑んだ。

どうやら私を疑っていたという訳ではないらしい。ホッと胸を撫でおろしつつ「そういえば、師団のスカウトについては学園でもよく噂になっていたな」と思い出す。

魔法師団は、国内最高峰の魔法師が集まる組織である。幾つかの部署がありそれぞれに必要な適正はあるものの、所属するためには総じて高い魔法的素質が必要となる。

師団内は実力主義で、厳しい世界である代わりに身分や伝手に左右される事なく、相応の地位と待遇が得られるチャンスがある事でも有名だ。

師団が就職先として学生に人気があるのは、国立の組織の中で唯一そういう側面を持っているからという事も大きいのだろう……という思考は一旦置いておいて。

何故だろう。先程からずっと彼が私をジッと見てきている。まるで私の一挙手一投足を、見逃すまいとするような目だ。

――まるですべて見透かされそう。そんな危機感を抱き、背中に嫌な汗を掻く。

「そ、それで？　本日は、どのようなご用向きでこちらまで？」

動揺を隠して尋ねれば、羨ましいほど整った顔で彼がニコリと微笑んだ。

「君を魔法師団に勧誘しにきました」

「え」

「君は元々勧誘対象に入っていました。聖女選考の対象にさえならなければ、間違いなく声をかけていたでしょう。……実は結果が出て以降、君が自ら師団の門を叩いてくれるのをずっと待っていたのです。しかし君から動きはない。結局こちらが根負けして、こうして勧誘にきたのです」

寝耳に水の状態にたしかに驚いた筈なのに、こうして状況を並べられると、何だか「なるべくしてこうなったのだろう」という気にさせられてくる。

「君を勧誘する理由は、幾つかあります。たとえば人員補充の観点。残念ながら、今年の入団試験に合格した者はゼロでした。そもそも入団基準に足る人物自体少ない状況なので、貴重な人員は逃したくない」

たしかに魔法師団はどの部署も、常に忙しいと話に聞く。人員不足は師団にとって、常に付きまとう問題なのかもしれない。

「次に、能力面。学園での成績もさることながら、こうして見る限り、そもそも君は魔力が多い。長時間の魔法行使に耐えうる人材はそれだけで、師団にとって有用です」

聖女である云々以前に、たしかに私は一般的な魔法師と比べて保有魔力量が多い。

こうして能力面を純粋に評価してくれるのは、とても新鮮で嬉しい事だ。

どれだけ結果を出していても、私はこれまで陰ではずっと「何かを企てて得た成果だろう」「きっと対戦相手の弱みを握っているに違いない」と言われ続けてきた。

ありもしない裏工作を、勘繰られ続けてきたから尚更。

しかし。

「それに、君には『聖女候補だった』という実績もありますからね」

「それはむしろ師団にとっては逆効果、悪評の種になるのではないかと……」

流石にこの言い分には、口を挟まざるを得なかった。

社交界では、今や私の「聖女になれなかった令嬢」という肩書は嘲笑の対象だ。

そもそも私の心証を考えれば「魔法師団はソルランツ公爵令嬢の手先になった」などと

いう師団にとって実に不名誉な噂をされるだろう事は、残念ながら想像に容易い。

下手をすれば「あの女の師団入りは、国家転覆の企みの第一歩だ」とまで言われかねない。私を引き入れたとしても、師団の評価はマイナスに振り切れるだろう。

しかし俯き顔を曇らせた私の思考に、彼は「何故です？」という言葉で割り込んでくる。

「たとえどのような噂が流れても、それだけで屋台骨が揺らぐような師団ではありませんし、そんな噂を気にして仲間の実力を見誤るような部下を育てているつもりもありません。それに、聖女候補の件については、師団云々に関係なく、胸を張っていい成果だと俺は思いますよ？」

「え……？」

どういう意味か分からなかった。

私が本心でどう思っていようとも、私が聖女になれなかった事実は変わらない。傍から見れば間違いなく、それは敗北でしかない。

にも拘らず、彼は断言するように言う。

「だって君は聖女選考で、最後の二人にまで残ったのですから」

その言葉に、私はゆっくりと目を見張った。

選考結果が公表された時、ホッと胸を撫でおろしていた私の隣で、シルヴェストたちはまるで我が事のように怒ってくれていた。お父様は「そうか」という短い一言ではあったものの、成果を出せなかった私を責めたりはまったくしなかったし、近しいメイドたちは私を労わり、心配だってしてくれた。

周りが敗北を嘲笑う中で、彼らのこれらの反応は、十分有難いものだった。——それなのに。

彼の言葉が、胸に温かくしみ込んだ。

私に「すごい」と言ってくれたのは、彼が初めてだった。

最終的な勝ち負けではなく、俯瞰して結果を見てくれた。偏見なく私を認めてくれた。

そんな方がいるだなんて、思ってもみない事だった。それがとても嬉しかった。

そして、気がついてしまった。

たしかに私は、聖女に選ばれたくはなかった。その願いが叶った事は本当によかったと思っている。

でもそれは『正当な評価をもらえなくてもいい』というのと同義ではなかったのかもし

れない、と。

見た目や噂に振り回されて色々な事を論われ嗤われる日々が、私にとっては日常だった。だからもう、諦めていた。あまりにも自然とそうだったから、もう痛みさえ感じないと思い込んでいた。

けれど。

もしかしたら私はずっと、傷つき続けていたのかもしれない。

埋もれていた本音を今更見つけて、その感情に自分自身、戸惑い持て余してしまう。

「どうかしましたか？」

「あ、いえその……まさかそのように言われるとは、思ってもみなかったものですから」

戸惑いをうまく取り繕う事は、おそらくできていなかっただろう。

それでも彼は大して気に留めた様子もなく、「そうですか？　真っ当に考えれば誰だって、きちんと評価に値する事だと分かるような気はしますが……」と少し考えるそぶりを見せる。

「でも、そうですね。師団には、私と同じように考える者が大半です。きっと社交界などよりも生きやすい場所だと思います。どうです？　師団に入りませんか？」

言いながら、彼から右手が差し出された。

私の心は大きく揺れる。

本当は、小さな頃から心のどこかで、ずっと「集団に属してみたい」と思っていた。そんな記憶が、見つけた本音から芋づる式に引っ張り出される。

おそらく誰もが簡単に手に入れられるだろうそのちっぽけな願望は、私には到底掴めない、霞のような夢だった。でも。

もちろん私にとって師団は、未知の場所。必ずしもいい方向に転がる保証はない。

——でももしかしたら、彼の下でなら。

頷きたい。素直にそう思った。

しかしすぐに出しかけた手を、膝の上で握り締める。

「嫌、でしょうか？」

まるで私の内心を見透かしてでもいるかのように、彼が顔を覗き込んでくる。

嫌ではない。断じてそうではないのだけど。

「もしかして、何か困っている事でもあるのでしょうか」

図星に、視線まで膝の上へと落ちた。

私は師団には入れない。

師団に集まるのは、言わば魔法のエキスパートたち。皆、魔法と精霊術の違いに関する前提知識も持っているし、魔力感知の精度も高い。

自然の力を、体内でヒトが扱える『魔力』という形に変換し使うのが魔法だ。その発動兆候は、魔力を感知する事で結果的に察知できる。

目の前で魔法的現象が起きた時に発動兆候が見られなければ、実力者であればあるほど「魔力感知に失敗したのではなく、魔法ではない力が作用したのだ」と考えるだろう。

精霊術が今知られている力の中で唯一その条件に該当する事も、精霊たちが聖女以外に力を貸したがらない事も、彼らは皆知っている。

だから入れば間違いなく、聖女である事がバレる。

勝手に力を貸さないように精霊たちにお願いできればいいのだけど、事はそう単純な話でもない。

私が魔法を発動させると、魔力の心地よさにつられて引き寄せられた精霊たちが、勝手に力を貸してくれようとするのだ。

精霊の本能のようなものらしく、シルヴェストのような上級精霊……いや、中級精霊以上なら、言い含める事でまだ自制も効くのだけど、下級精霊は知能があまり発達していない。

彼らは複雑なお願いを理解したり、長時間記憶を保持したりはできない。感情と行動が直結しているので、行動そのものを縛ることも難しい。

そのせいで、学園時代には実際に、過去、魔法の授業中に何度か肝を冷やした事もある。あの時は幸い気づかれなかったけど、師団はそれ程甘い場所ではない。そもそも授業中よりも拘束時間は伸びるのだから、事故が起きる頻度も必然的に上がる。

やはりどう考えても、師団に入るのは不可能だ。――それなのに。

「殿下の意地悪のせいで、今の君は自由が利かない状況なのではありませんか？」

彼は、掘り起こしてしまった夢に未練を残している私を、誘惑するのがとても上手だ。

彼の言う通り、今の私には実質自由はない。暇を持て余す日々だ。

それでも私はいいのである。でも、シルヴェストは？

彼は私がいくら「外を散歩してきてもいいのよ？」と言っても、頑なに傍から離れようとしない。頑固で優しいこの友人に、私はずっとありがたくも、申し訳ない気持ちを抱き続けている。

「俺の手を取れば、君は師団活動の一環として外を出歩く権利を得ます。入団には陛下から許諾をいただきますから、一度入団してしまえば殿下にもそう簡単に手出しはできないでしょう」

淀みなく話す彼は、まるで私の裏事情さえすべて見透かしているかのようだった。

秘密を守る事と、ささやかな夢を叶える事。どちらを優先すべきかなんて明白な筈なのに、どうしても断るための言葉に詰まってしまう。

せめて私が師団活動をしている間だけでも、身の周りで精霊術が行使されない状況が作れれば。そんな、土台無理な夢想をしてしまう。

そんな時だった。

《あ、コイツが発している妙な気配、多分『精霊除け』だ》

「精霊除け？」

聞き慣れない単語を耳にして、思わず聞き返してしまった。

口に出してしまっていた事に気がついたのは、師団長様が「精霊除けとは」と言いながら、袖をスッと捲った時である。

「もしかして、これの事でしょうか？」

晒された手首を見て、初めて彼の手首に年季の入った銀色の太いバングルがはめられている事に気がついた。

一見すると飾り立てる物のないシンプルな代物だけど、少し光の当たる角度が変わると細かい模様が彫り込まれているのが分かる。

本で見たことがある。あの模様は、古代魔道具特有のものだ。

先程からずっと遠まきに師団長様を観察していたシルヴェストが、フヨフヨとこちらに飛んできた。

《精霊を避ける力がある古代魔道具だよ。僕には不快に感じる程度だけど、多分中級以下の精霊は近くに寄ってもこれないと思う》

（そ、そんなに強力な……）

私の頭上にポテンと落ちてきた彼の声に、思わず絶句してしまう。

師団長様が張っている機密区画の結界でさえ退ける事ができない精霊を、このバングルは退ける事ができるという。

力そのものを使うよりも難易度の高い魔道具作りでそれが為せるなど、普通ならばあり得ない。

しかし古代魔道具は、失われた技術で作られた品だ。現代の魔道具とは比べものにならないほどの力を発揮する品となれば、実現する事も可能なのだろう。

《まぁでも今日は、多分付けてきて正解だよ。じゃなかったら今頃精霊たちに「アディーテを困らせる不届き者だ」って、イタズラされ放題だっただろうし》

その光景が、容易に想像できてしまう。

もしこの方が突然精霊たちのイタズラに見舞われてしまったら、おそらく私を勘繰るきっかけになっていただろう。そう考えると私自身も、このバングルのお陰で命拾いしたようなものだ。

《ねぇアディーテ、本当は入りたいんでしょ？　魔法師団。ためしにお願いしてみれば？『そのバングルを貸して』って。それで「いいよ」って言うんなら、アディーテも安心して師団に入れるし、僕もちょっとくらいはこいつの事を信じてやってもいい。自分の身の安全よりも、アディーテのお願いを優先するっていう事だしね》

（で、でもそれは……）

たしかにこのバングルが手元にあれば、中級以下の精霊たちは一時的に私に近付けなくなる。目下の諸問題は、おそらく解決するだろう。

しかし、これまで特に付き合いのなかった男性にアクセサリーの類をねだるのも、こんな希少な品をねだるのも、どちらもあまりに図々し――。

「もしかして、このバングルをプレゼントすれば、少しは交渉の芽がありそうですか？」

「えっ」

「違いましたか？」

思わず言い淀んだ私に、師団長様がやんわりと目元を緩めてくる。

まただ。まるで私の心の声が聞こえているかのようなタイミングでの言及に、私は思わず「もしかしてまた口に出しちゃった？」と自身を疑った。

そんな間にも、彼は早々にバングルを外し、何の躊躇もなく差し出してくる。

「どうぞ、お手に取ってみてください」

「いえ、しかし……」

「構いません。そもそもただの貰いものですし」

「貰いもの、ですか？」

勧められるままにおずおずとバングルを手に取りながら、疑問を抱き顔を上げる。するとその目の先には、にこやかに微笑んだ師団長様がいた。

「ええ、前師団長からのただのお古です」

「えっ、グリンバルト様の?!」

驚きに、思わず大きな声が出た。

先代の魔法師団長・グリンバルト様といえば、歴代最高の師団長と謳われる方。この王都に飛来してきたドラゴンを一人で退けた国の英雄で、今は高齢を理由に現場から退き、王都から離れた自領に居を構えていると聞く。

そういえば、彼が「お前にならば任せられる」と次の師団長を指名した時、いつも身につけていた装飾品を一つ譲ったという話を聞いた事があるのだけど、もしこれがその時のものなのだとしたら……。

「そのような貴重なもの、尚更いただけません！」

慌ててバングルを押し戻す。

しかしその手ごと、淡い体温と柔らかな圧力に捕まってしまった。

「簡単に、ではないよ。君にだから渡すんだ」

突然の触れ合いと不意に崩れた口調に、思わず肩と心臓が跳ねた。

反射的に彼の顔を見たのも、おそらく良くなかった。真剣な青い瞳から、どうしても目が離せない。

「よし、今決めました。君に与える選択肢は二つ。このバングルを受け取った上で師団入りを拒むか、バングルを受け取り師団にも入るか」

「そ、そんな！」

「別に難しく考える必要はありません。このバングルも、武骨な私の腕(うで)にはめられているより女性の手首を彩(いろど)っていた方が幸せでしょうし、私もこんなアクセサリー一つで師団の人員補充が叶うのなら、その方が非常に助かるのですよ」

囁(ささや)くように告げられた理屈(りくつ)が、私の願望に浸潤(しんじゅん)してくる。必死で頭を巡(めぐ)らせようとしているのに、包み込むように握(にぎ)られた手にばかり意識がいって、考えが全然纏(まと)まらない。

なし崩し的に自らの理想の上に着地しそうになる。懐柔(かいじゅう)されそうになっている。

だからパッとそのぬくもりから開放されたのは、私にとって幸運だった。

ハッと我に返り、自分を取り戻す。引っ込めた手を胸の前で庇(かば)うようにもう一方の手で握り込み、彼の体温を自分で上書いた。

何度か深呼吸を繰(く)り返す。やっと胸の動悸(どうき)が治まると、また師団長様が言う。

「では、一種の契約(けいやく)だと思えばいかがです？　君が魔法師団に力を貸す対価に、俺が君の心と体の自由を守る、そういう契約です。このバングルは約束を守る担保として、君に預けましょう」

師団長様が、再度手を差し伸(の)べてきた。

この手を取ってほしい、という意味なのだろう。

私の希望、シルヴェストの自由、精霊の事や目の前の彼の事。色々な事を考えた。

そして。

「……分かりました、お世話になります」

申し出自体は嬉しい話だ。師団長様にも利益がありバングルも貸していただけるというのなら、もうこれ以上私が師団入りを断る理由はない。

おずおずと彼の手に自分の手を乗せれば、師団長様が目を細めて「えぇこちらこそ」とはにかんだ。

「そうと決まれば、善は急げです。すぐにでも陛下に話を通してきましょう、殿下の横やりが入る前に」

そう言うや否や、彼は早々に席を立ち、部屋を後にした。

昼食の時間に差し掛かった頃。室内に入ってきたメイドが、一通の手紙を持ってきた。

開いてみれば、中はたった三行。用件のみが書かれている。

本日十二時付けで、君は正式に魔法師団所属となりました。

まずは明日、訓練場で魔法を見せていただきます。

朝食後に迎えに行きますので、動ける服装に着替えて待っていてください。


横から一緒に手紙を覗き込んでいたシルヴェストが、《許可取ってくるの、早》と言う。

私も、少しビックリしている。しかしそれと同じくらい、安堵と感謝の気持ちが大きい。

明日から始まる新たな日々に密かに思いを馳せていると、ふいにメイドから「ご所望の品です」と、一冊の本が差し出された。

お礼を言いながら本の表紙を見、今度は思わず苦笑いする。

本を頼む時にした私の注文は、たしか「王城外に持ち出し禁止の魔法書」だった筈。

しかし今目の前にあるのは『世界のお菓子大全』というタイトルの本。流石に魔法書でない事くらいは、容易に察せられてしまう。

シルヴェストが予告していた通り、殿下の嫌がらせの一端なのだろう。

《ねぇアディーテ、もしかしてこれ、まったくお茶菓子の嫌がらせに手ごたえがないから、当てつけとかなんじゃない？　たとえば「美味しいお菓子の絵だけを見せて、実際には食べられない事を悔しがれ」みたいな》

だとしたら実に手の込んだ事だけど……そんな事よりもせっかくだし、シルヴェストの好きなお菓子が載っているといいのだけど。

そんな事を考えながら、一旦本を横に避けて食事に手を付けはじめた。

翌日。

朝食が終わってすぐに、迎えの方がやってきた。

私を見つけた師団長様が、「準備はもう万端なようですね」と頬を緩ませる。

今の私の服装は、胸元にフリルが付いたブラウスに、深緑色のベスト。ストレートラインの茶色いボトムスを履いて、靴は革製の編み上げだ。

社交界では女性は滅多に着ないボトムスだけど、学園で魔法の授業を受ける際にはいつも着用していたので着慣れている。普段使いのドレスよりもこちらの方が魔法を使うには最適だろうと思っての服選びだったのだけど、彼の反応を見るに正解だったようである。

「おはようございます、師団長様。迎えにきてくださり、大変ありがたいのですが……大丈夫なのですか？　お仕事は」

「別の方の方がよかったですか？」

「いえ、決してそのような事は！　むしろ知っている方に来ていただけて、ありがたいくらいです！」

眉尻を下げながら不安げに聞かれ、私は慌てて誤解を正す。

お忙しい身だろうし、てっきり他の方がくるのだろうとばかり思っていたから、本当にただ驚いただけだ。

必死にそうまくし立てると、どうやら気持ちが届いたのだろう。おかしそうに小さく笑いながら、彼は「そうですか」と言ってくれた。

「ならよかったです。昨日頑張(がんば)って今日の分の仕事を、すべて終わらせてきた甲斐(かい)がありました」

言いながら、彼は歩き出した。

彼の後に続く形で、私も部屋の外に出る。

部屋を出て少し廊下(ろうか)を歩くだけで、見える景色は変わるものだ。

窓から見下ろしていた庭園が、今はすぐ窓の外にある。

室内よりもずっと開放的だ。何だか空気さえ美味しく感じてくる。シルヴェストも似たような気持ちなのか、私の隣でビュンビュンと宙を飛び回っている。

「そういえば、きちんと付けてくれているのですね。そのバングル」

こちらをチラリと見た師団長様にそう言われ、私は手首に優しく触れた。

「はい、お守りに」

「お守り、ですか？」

自然に口をついて出た言葉に間髪入れずに聞き返されて、思わずハッとしてしまう。

よく考えれば、普通は浅い付き合いの相手からのもらい物をお守り代わりにしたりはしない。想い人からの贈り物を大切に持ち歩くという話は聞くものの、それはつまり「そう思われても仕方がない事をしている」という事でもある。

実際には単にバングルの力ありきの行動だけど、その話をすれば間違いなく「何故バングルに頼る必要が？」という話になるだろう。

元々精霊に好かれる聖女の体質を、隠すためのバングルだ。説明をするにはその事実をバラさなければならなくなる。

流石に本末転倒すぎる。もちろんできる筈がない。何かうまく誤魔化さなくては。

「あぁいえ、その……これでも私、それなりに緊張しているのです。この魔道具は見たところかなり年代物のようですし、『新たな場所でうまくやっていけるように』と願掛けをするには、ちょうどいいと思いまして……」

「あぁなるほど。たしかにこの国では『古くから大切にされたものに願掛けをすると叶う』と言われていますからね。そのバングルも、お守り扱いされて幸せでしょう」

咄嗟に思いついた言い訳で、どうやらうまく納得してくれたらしい。内心で密かに安堵しながら「大切にしますね」と言葉を返すと、彼は小さくはにかんで「えぇ、ぜひそうしてください」と言ってくれた。


そうして歩いているうちに、こちらを向く視線が段々と増えてきた。

理由はおそらく貴賓棟から官吏棟に入ったからだろう。メイドの姿が極端に減り、代わりに文官たちが増えた。

使用人の礼儀として滞在している王族の客人に向ける視線には配慮していたメイドと違い、文官たちには遠慮がない。誰もが「何故こいつがここに？」と言わんばかりの、不躾な目を向けてくる。

中には「あの企み顔、もしかして聖女様が滞在しているのを知って……？」という、不信をつのらせた声も漏れ聞こえてきた。相変わらずの誤解のされように、小さく悲しい笑みが漏れる。

聖女様の名を聞いた事で、ふと「たしか先日シルヴェストが『彼女は教会に籠って修行するらしい』と言っていた筈だけど、今の感じじゃあもしかして、まだ王城内に滞在しているのだろうか」と少しだけ疑問に思う。

しかし、脳みそを思考に割いた分静かになってしまった私に、おそらく勘違いしたのだろう。隣から、涼しげな声がかけられた。

「部外者は皆、面白可笑しく好き勝手に物を言うものです。ああいう戯言は気にするだけ無駄ですよ」

苦笑が混じった師団長様の声には、どこか実感がこもっていた。

そういえば、彼は最強と呼ばれた先代師団長の跡目を、若くして譲り受けた方だ。きっと今まで数多くの興味や好奇心、羨望を周りから受けてきたのだろう。中には嫉妬もあったかもしれない。実感があるのも当然だ。

彼に気を遣わせてしまって申し訳ないと思う反面、慮ってくれた事が嬉しかった。

そして「そうだった」と思い出す。

「……そうですね。誰が何を言おうと、私は私です。他の何者にもなれはしないのですから、他人の言葉に振り回されるのは勿体ない」

小さい頃に思い慣れていた事を、久しぶりに思い出した。

隣を歩く彼に目を向けると、驚いた顔の彼と目が合った。しかしそれも一瞬の事だ。

「ええ、まったくもってその通りだと思います」

すぐに嬉しさを滲ませた彼の表情と声に、私は「何故そんなにも嬉しそうなのだろうか」と一人小首を傾げたのだった。


気が付けば、初めて足を踏み入れる区画まできていた。

むき出しの地面に古めの木の建物、歩いている人たちの密度も減って、顔触れも随分と変わってきた。

師団長様と同じ白いローブ姿の方たちが、通り過ぎざまに会釈をしていく。隣を歩く私を見つけて「誰だ？　あれ」と言いたげな顔になるところまで、判を押したかのようにお揃いだ。

《注目の的だねぇ、アディーテ》

（まったく嬉しくないのだけど）

空中遊泳を楽しむのにも一段落ついたのだろう、肩に戻ってきたシルヴェストの物言いに、私は思わず苦笑する。

彼らの視線から感じるのは、何も純粋な疑問だけではない。訝しみや嫉妬、たまに敵意じみた視線まで感じられる。

しかしそれも、師団長様がいい上司であればこそだろう。尊敬すべき方がいるのはとてもいい事だろうし、誰とも知れぬ企み顔を連れていれば、きっとそんな反応にもなる。社交界で向けられる目よりは随分マシだ。仕方がない事だし、大した事でもない。

しかし、あくまでもこれは『師団長様に連れられている知らない人間』への反応だ。

彼らが私を『アディーテ・ソルランツ』だと、認識したらどうなるのか。あまりよくない想像が脳裏をよぎってしまい、人知れず視線を地面に落とした。

しかしまた、絶妙すぎるタイミングで「心配せずとも大丈夫ですよ」という声が優しくかけられる。

疑問を声に出していただろうかと、慌てて両手で口を抑えた。そんな私を見た彼は、からかい半分にクスリと笑う。

「君は自分が思っている以上に、考えている事が顔に出ますから」

数秒の時間を置いて顔色を読まれたのだと気がついて、居た堪れない気持ちが沸き上がってきた。

口元から両手を離しつつ、思わず口を尖らせる。心臓に悪いので、あまり勝手に人の心を読み取ったりしないでいただきたい。

「さて、そろそろ目的地に到着しますが、その前に。アディーテさんは、魔法師団についてどのくらい知っていますか？」

「ええと……たしか五つのセクションに分かれているのですよね？」

「その通りです。この王都を防衛する『防衛部』、国内の脅威に対処するために随所に派遣される『遠征討伐部』、大型で強力な魔法装置開発に勤しむ『技術開発研究部』、アクセサリーなどの身につけられる小物に特殊効果を付与する『魔法付与部』、そして魔法薬作りや治癒魔法を駆使する魔法医療に特化した『治癒部』。以上が魔法師団の五本柱です。今のところ、君には『遠征討伐部』に所属してもらう予定でいます」

「遠征討伐部……」

　師団の中でも一番の花形部署、それが遠征討伐部である。

　最も危険に晒される事が多く、それ故に高いレベルの魔法戦闘技能と咄嗟の時の対応力が求められる、いわゆる最前線部隊だ。

「それはその、私、大抜擢ですね」

「正当な配置だと自負していますよ？　一応確認のために簡単に魔法実技を披露していただきますが、学園での成績を見る限りでは、いつも通りに魔法を使っていただければ問題ないでしょう」

本当に大丈夫だろうか。また少し不安になってしまう。

「安心してください。君が入る予定の小隊は、メンバーの癖こそ少し強いですが、皆きちんと力量を見極められる者たちばかりです。もちろん、安全にも配慮します。きちんと魔法と連携の鍛錬をしてから遠征には出しますし、この部署の統括は私ですから――」

彼が足を止め振り返る。見上げる私に流れるように、彼の手が伸びてくる。

髪にサラリと触れたのが分かった。突然距離の近さを実感したのと、彼の囁きが耳を撫でたのは、ほぼ同時。

「いざとなれば守りますよ。何者からも、君の事を」

「へっ?!」

変なところから声が出た。

ゼロにも近い近距離で囁かれた事もさることながら、真面目な声色と眼差しが妙に真剣味をおびていた。

跳ねあがる心臓を抑えながら、一歩後ろに後ずさる。頬に熱が集まっているのを自覚すると、尚の事言葉が出なくなった。

どう答えていいか分からずに無音のまま口を開け閉めしていると、彼は満足げに笑う。

「君はもう俺の部下ですからね。部下を守るのは上司の務めです。……あと、花弁が髪に付いていましたよ？」

たしかに彼の手には、ひとひらの白い花弁がつまれていた。

固まってしまった私に「飛んできたんですかね？」と言った彼の声は、何やら少し楽しげに弾んでいて。


……。

……。

……。

も、もしかして私、揶揄われた?!


数秒遅れてやっと気がつく。

ちょっと待って。そういえば、昨日も彼にドキッとさせられた記憶がある。

あの時は夢にも思わなかったけど、もしかしてあれも全部わざと……？　だとしたら、なんてひどい方なのか！

《大丈夫？　アディーテ。なんか顔赤いよ？　熱あるの？》

すでに歩き出している師団長様の背を背景に、私の顔をシルヴェストが横からグイッと覗き込んでくる。

小さな手をモフッと私の額に押し当ててくるその姿は、純粋に私の体調を気遣ってくれているものだ。

(大丈夫よ、ありがとう)

《本当に?》

更に私の顔を覗き込んでくる、彼の優しさが身に染みる。人を揶揄ってご機嫌な師団長様とは、まるで大違いだ。

しかしちょっと、そんなに覗き込まれると、視界がモフモフで占められて前があまりよく見えない。というかシルヴェストだって、そんなに近くで覗き込んでいては、逆に私の顔色なんて見えないんじゃ――。

「ふんぐっ」

顔面から、前を歩く師団長様の背中にぶつかった。鼻の頭が地味に痛い。

「大丈夫ですか?」

すぐ上から師団長様の、少し驚いたような声が聞こえる。

「は、はい。どうにか……」

「それはよかった。さて、着きましたよ。――ようこそ、我が魔法師団の訓練場へ」

師団長様の言葉につられるようにシルヴェストが退いてくれたお陰で、やっと私の視界が開けた。

目の前にあるのは踏み均された広場と、そこで競うようにして魔法を詠唱・行使している方たちの姿だ。

「なぁ、誰だあの女」

「ほら、師団長が今日連れてくるって言ってた新しい……」

「あぁ、アレが」

案内されるままに師団長様の後に続けば、そんなささやきが聞こえてくる。

居心地は最高に悪いけど、師団長様はまるで気にした様子もない。

「予告通り、君にはこれから魔法の試し撃ちをしていただきます。的はあれ、私が指示を出しますから、その通りに魔法を放ってください」

言いながら彼が指さしたのは、おそらく土魔法で作られたのだろう的。

学園でも似たような的を用いて、魔法の発動速度と命中力を上げる訓練をしていた。それ程難しい事を要求されている訳ではない。そう分かって少し安堵する。

一方周りはざわめきを増した。

「おい、まさか師団長自らが見るのか？」

「マジか、初めて見るぞ、そんなの！」

「ふんっ、どの程度か見てやろうじゃん」

（あぁ、皆見てる。今すぐ帰りたい……）

《頑張れ、アディーテ！》

友人からのエールにため息で答えつつ、私は魔法の発射位置の目安として引かれている線の前に立つ。

もし魔法を披露して、学園生活と同じく皆に不正をしているだ何だと言われたら。そう思うと怖いし、憂鬱にもなる。

しかし、今は一旦忘れよう。まずは目の前の事に集中だ。

「準備はいいですか？」

「はい、いつでも」

私の当初の注文通り、シルヴェストが宙に退避した。私はまっすぐ的だけを見つめ、お腹からゆっくり息を吐く。

「よろしい。では――火球」

最初に指定されたのは、火の初級魔法。

初級魔法は、総じて大きな威力にはならない。どれだけ魔力を送り込んでも一定以上の効力を発揮できない、中・上級魔法の使い手にとっては燃費の悪い魔法である。その代わり、発動スピードは早い。

体の中で魔力を練り上げ、瞬時（しゅんじ）に手の平から打ち出した。火球を脳内で鮮明（せんめい）にイメージするだけで、指定された魔法は簡単に出来上がる。

指示から発動までおよそ〇・三秒。放たれた小さな火の球は、的のど真ん中に小さな丸い焦（こ）げ跡（あと）を作る。

「水球（ウオーターボール）、雷球（サンダーボール）、風切（ウインドカッター）、投石（ストーンショット）」

続けざまに列挙されていく魔法を順に打ち出して、確実に的に当てていく。すべてを的に当て終えたところで、今度は語尾（ごび）に『二連』『三連』と指定が付き、ランダムに魔法名が列挙された。

それらも難なくこなしていると、周りからまた声が聞こえてくる。

「結構早いな」

「詠唱なし？」

「正確に的に当ててやがる」

初級魔法なんて、魔法師団に入っている者ならば誰だって使える。このくらい、できる方はざらにいるだろう。

それでも学園時代には「できる事をわざわざ見せびらかして」と鼻で笑われていた事が、きちんと評価のテーブルに乗せられている。それを肌(はだ)で実感できて、何だかとても新鮮(しんせん)だ。

「よろしい。では次、――炎弾(フレイムバレット)」

中級魔法の指示が始まった。

中級は、それなりの発動速度と威力が両立できる魔法で、戦闘(せんとう)では最もよく使われる。

初級魔法よりも燃費がよく、魔力を乗せれば乗せるだけ威力も上がるが、その反面、魔法系統の得意・不得意、つまり個人の資質が発動速度に如実(にょじつ)に現れる。

しかしそれらのデメリットは、修練で補える範疇(はんちゅう)だ。経験で克服(こくふく)できる反面、魔法行使の熟練度が浮(う)き彫(ぼ)りになる魔法だとも言えるだろう。

私の場合は、在学中、持て余した放課後の暇潰(ひまつぶ)しに、よく一人で魔法を練習していた。

精霊術と魔法は源になる力が違うだけで、事象具現化の方法はどうやら似通っているらしい。先生役になってくれるモノがすぐ近くにいたお陰で、早く深く魔法を知れた分、練習の効率もよかった筈(はず)だ。お陰で不得意は潰せている。

発動までの時間は、一秒弱。脳内で燃(も)え盛(さか)る炎(ほのお)を圧縮し掌(てのひら)から打ち出すイメージで、練り上げた魔力を具現化する。

的の中央に当たった魔法は、そのままそこに風穴を作った。

思わずといった感じの「おぉ……」という声が上がった気がしたけど、今度はそちらに構う余裕(よゆう)がない。

「水渦(ウォーターボルテックス)、雷弾(ライトニングバレット)、暴風刀(ハリケーンブレード)、岩殴(ロックノック)」

流石(さすが)に中級魔法となると、初級魔法と同じとはいかない。先程(さきほど)までと変わらない速度で出される指示についていくべく、自身の中で集中力を一段階上に引き上げる。

すべてを指示通りに飛ばし、順調に的を穴開きにしていった。しかし『二連』『三連』という指示になったところで、ついに魔法名を唱える簡易詠唱での発動に切り替(か)える。

お陰で少し不安定になっていた威力は安定したけど、この速度での中級魔法の連発は、私の体力を確実に奪(うば)っていく。

少しずつ息が上がっていく。けれどこの速度で指示がくるという事は、おそらく『遠征討伐部(とうばつぶ)』では、標準的な速度なのだろう。

このくらいは、余裕で無詠唱の魔法行使ができるようにならなければ。

集中力と持久力の鍛錬が、私の中の目下の課題になりそうだ。

「――よろしい」

師団長様の指示が止まり、浅くなった息を深呼吸で整える。

的を撃ち抜(ぬ)く音が消えた訓練場は、シンと静まり返っていた。そんな中、師団長様が満足げに頷(うなず)く。

「ここまでムラなく中級魔法が扱(あつか)えるのなら、誰も文句はないでしょう」

もらった評価に内心で、ホッと胸を撫でおろした。

肩に着地したシルヴェストが、耳元で《お疲(つか)れー、今日もいい波長の魔力だったよー》と労(ねぎら)ってくれる。

頬にサワサワと触れる柔らかな毛が、少しくすぐったかった。「ありがとう」と応じながら、軽く汗(あせ)を流した後の爽快(そうかい)感と達成感を噛(か)み締(し)める。

「アディーテさん、他にはどのような系統の魔法が使えますか？」

「浄化(ピュリフィケーション)と治癒(ヒール)は使えます」

「得意な系統は？」

「火属性魔法です」

「上級魔法は？」

「火と風と水は安定して使えます」

「なるほど。そこまで使えれば尚の事、『遠征討伐部』にはおあつらえ向きですね」

師団長様のこの言葉に、周りがザワリと大きく揺(ゆ)れた。

「おい聞いたか⁈　師団長、今『遠征討伐部』って言ったぞ！」

「エリート部署に、新人がいきなり？」

「でもさっきの魔法を見れば——」

「何言ってるのよ、他の方々と比べたら埋もれるわ。辛うじてついてはいける程度よ」

「いや十分すごいだろ、ついていけるっていう時点でさ」

聞こえてくるのは賛否両論、色々とある。しかしどちらの意見も決して、私の外見的印象や噂を論ったり嘲笑ったりするものではない。

師団に希望を見出していた一方で、私はきっと心のどこかでそれが裏切られる覚悟もしていた。だから彼らのこの反応に、純粋に驚き、ジワジワとがこみ上げてくる嬉しさを噛み締める。

「あんた、中々やるみたいじゃない」

かけられた声に振り向けば、スキンヘッド頭の大柄な男性がこちらに向かって歩いてきていた。

隆起した腕の筋肉が逞しい。どうやら通常の魔法師にはあまりいない、肉体派の方のようだ。

目の前まできて腰に手を当てジッと見下ろしてきた彼は、気合の入ったアイメイクに、唇には紅。社交界ではあまり見ない個性的な趣向の男性のようではあるものの、つぶらな瞳からは厳しくも、どこか優しげな印象を受ける。

「お褒めにあずかり光栄です。今日からここでお世話になります、アディーテ・ソルランツと申します。ご指導ご鞭撻のほど、よろしくお願いいたします」

言いながら、腰を折って頭を下げる。すると少し驚いたような間があった後、毒気を抜かれたとでも言いたげな声で「アンタ、畏まりすぎでしょ」と呆れられた。

この場で貴族の礼をするのは流石に仰々しすぎるかと思って言葉だけにしたのだけど、どうやらまだ堅かったらしい。

「挨拶なんてこれで十分でしょ」

言いながら組んでいた腕を外した彼は、私にスッと手を差し出してくる。

「ワタシはシード。魔法師団の副団長で、アンタが入る部の小隊の隊長でもあるわ。必然的にアンタの面倒を見る羽目になるから、迷惑や面倒はかけないでよね」

差し出された手は、おそらく握手のためのものだろう。ぶっきらぼうな物言いだけど、歓迎はしてくれるらしい。

これが師団での、第一歩。他の方たちはまだ遠巻きに見ているけど、恐れや侮蔑は見られない。

今までとはまったく違う反応、違う場所。

ここでなら、もしかして。


「はい、頑張ります。よろしくお願いいたします」

言いながら、私はしっかり彼と握手を交わしたのだった。

王太子殿下の執務室内には、いつにも増して険悪な空気が流れていた。

護衛シフトの交代時に同僚から「おいレグ、気を付けろ。今日は一際機嫌悪いぞ」と耳打ちされてはいたものの、予想の更に上をいく不機嫌さに、俺も少し辟易とし始めている。

「あの女、この俺のメイドをわざわざ貸し出してやっているのに、恩を感じるどころか必要時以外は部屋から追い出し、この俺を謀って父上から直接魔法師団預かりになる許可まで得るとは！」

元々殿下は比較的感情の起伏が激しいが、今日はいつもの比ではない。

今だって、怒りに任せて執務机をダンッと叩いたせいで、殿下が握っていたペンの先が、無残にひしゃげてしまった。自分でやっておきながら、近くの文官に「替えろ、早く！」と声を荒らげているあたり、完全な八つ当たりである。

俺も仕事だ。俺がすべきは、愚直に殿下の護衛をする事だけ。どれだけ主人の機嫌が悪くても、ただ粛々と行うのみだ。

しかし職場環境を悪化させている元凶には、一言物を申してやりたい気持ちもある。

アディーテ・ソルランツ。公爵家の令嬢で、聖女の最終選考に落ちた女。そして何より、不自然なくらい黒い噂が絶えない女。それが今回の元凶である。

先日あった聖女お披露目の儀での騒動も、こいつの仕業らしい。なのに陛下は何を思ったのか、王城内での軟禁などという曖昧な処分を下していた。

その甘い処分を発端としての、今の殿下のこの荒れようだ。

騎士団長も、この件ではかなり憤っていた。

あの人は、高潔で、厳格で、部下思いだ。聞けば「アディーテ・ソルランツが陛下を口でうまく丸め込んだ」らしい。

卑怯にも弁舌で罪から逃れようとする相手など、あの人が最も嫌う部類だろう。部下が負傷している件ともなれば、尚の事腹が立った筈だ。

殿下はともかくあの人が怒るくらいなのだから、謁見の間でのアディーテ・ソルランツは、さぞかし反省の色がなかったのだろう。

なぜ陛下はきちんと処分を下さないのかと、実際に口には出せないが、少しばかり懐疑(かいぎ)的(てき)になる。

きっと相手が公爵令嬢(こうしゃくれいじょう)だから政治的バランスを鑑(かんが)みたのだろうが、あれだけ悪い噂がある女なのだ、叩けば埃(ほこり)は出るだろう。爵位(しゃくい)だか何だかに関係なく、悪い人間は片(かた)っ端(ぱし)から裁くべきだと俺は思う。

だからまぁ、悪人が魔法師団に入って実質野放しで城内を歩ける現状が腹立たしいという事ならば、殿下の気持ちも分からなくはない。

本当に迷惑な女だ。こうして人の心を逆撫(さかな)でし、関係のない俺たちにまで苛立(いらだ)ちを強いるのだから。……いや、待てよ？　あの女は常に何かを企んでいると聞く。もしかしてこの『険悪な雰囲気(ふんいき)の中で、俺たち護衛騎士(きし)が精神的に疲弊(ひへい)する状況(じょうきょう)』も、あの女に意図して作られた可能性があるんじゃあ……？

だとしたら、なんて底意地の悪いヤツなんだ。実際に精神を削(けず)られている自覚があるだけに、実に忌々(いまいま)しい。

「そもそも聖女になれるかは、生まれながらに決まっているのだ。努力でどうにかなるものでもなければ、金で買えるものでもないのに、手に入らなかったからと逆恨(さかうら)みして、ララーの名声を貶めようとするとは」

怒りを孕んだ殿下の独り言は、まだ絶えない。

彼の言う通り、聖女ララー・ノースの名声は、今やアディーテ・ソルランツの策略のせいで大打撃を受けている。

情報通の同僚曰く「現在貴族間では、自らの力を暴走させ、あろう事か守るべき民に攻撃を向けたララーへの不信感と、あの女への疑いが拮抗している」状態らしい。

が、アディーテを知らない民衆たちにとっては、目の前で起きた事がすべてだ。

国が大勢の民衆の集合体である以上、国や王族は平民の気持ちを無視できない。殿下が気にしているのも、民衆たちの不信感がすべて聖女に向いてしまっている事の方だろう。

「可愛いララーについ嫉妬してしまう気持ちは分かるが、本当に根性がひね曲がっている。ひたむきで清廉なララーの爪の垢を、煎じて飲ませてやりたいくらいだ」

最近の殿下は空き時間の度にブツブツと似たような事を言いながら、常にララーの信用回復に頭を悩ませている。

聖女とはいえ、相手はまだ正式な婚約者ではない人間だ。一見すると、少々心を砕き過ぎているような気もするが、彼女は大きな瞳に華奢な体、まるで子犬のような人懐っこさと、一度転ぶと一人では立てなくなりそうな儚さを併せ持っている。

俺好みではないにしても、男の庇護欲(ひごよく)をそそる人物ではある。

その上、殿下(でんか)曰(いわ)く「ララーは健気(けなげ)にも『俺や国、世界の役に立つために力を使いたい』と言っていた」のだとか。

それは力を持つ者として、実に正しい心掛(こころが)けだ。殿下が助けてやりたくなる気持ちも分かるし、彼女の中に『国のため・民のために身を賭(と)す覚悟』も感じる。

これに関しては俺にとっても、共感を抱(いだ)くに足る話である。

だからこそ、崇高(すうこう)な精神を邪魔(じゃま)しようと画策するアディーテ・ソルランツは、人として許せない。


ちょうどそう思った時だった。

換気(かんき)のために開けていた扉(とびら)から、ビュウッと強い風が吹(ふ)き込んだ。殿下の机上(きじょう)の書類たちが煽(あお)られ、バサッと宙に舞(ま)い上がる。

彼が「あ、くそっ」と舌打ちをした。席を立ち、慌(あわ)てて拾おうと手を伸(の)ばす。

しかし彼の手は、中々書類を掴(つか)めない。まるで意図的に逃(に)げてでもいるかのように、二回、三回と連続でからぶる。

もちろんそう見えるだけで、本当に逃げている訳ではないだろう。風が意思など持っている筈がないし、なんせここは機密区画だ。魔法の行使は不可能である。風が誰かの意思通りに吹いたりする筈もない。

だから殿下が追いかけている紙だけが何故か複雑な動きをしているように見えるのも、すべては気のせいだろう。

そういえば、最近殿下はツイていない。

たしか昨日も、窓から吹き込んだ風のせいで靡いたカーテンが殿下に巻き付き、俺を含めた二人がかりで仕方がなく引き剥がす羽目になった。

一昨日は一体何だったたか。パッとは思い出せないが、その前も、そのまた前も、思えばここ一週間強ほどは、毎日のように妙な事が続いている気がする。

「くそっ、くそぉっ!!」

殿下はまだ、指の少し先で逃げ続ける書類と戦っている。「ここまで取れないのも逆にすごいな」と半ば感心しつつ眺めていると、振り返った殿下と目が合った。

「おいお前たち！　早く拾え！」

文官たちは、すでに床に散らばった書類を慌ててかき集めはじめている。となれば『お前たち』とは、俺たち騎士以外にいない。

俺たちの仕事は、あくまでも護衛。彼の身の回りの危険に対処すべく、常に周囲を警戒する立場である。

そのような状況で手が塞がるのは、できれば避けたいのだが。

「いいから、やれ！」

俺は小さくため息を吐いた。

幸いにも、背中の扉はきちんと閉まっている。窓からの距離もそれなりにあるから、周りに注意を配りながら素早く拾えば一応問題はない。

これ以上機嫌を損ねて更に面倒な事になる前に、早く拾ってしまうしかない。

身を屈め、中腰になって近くの書類を拾う。

二枚三枚と拾った後に再び殿下に目をやれば、まだ一枚も拾えていない殿下が、一人苛立ち唸っていた。

◆◆◆

魔法師団に入ってから、数日ほどが経過した。

軟禁状態が完全に解かれた訳ではない。依然として寝起きする場所はまだ王城のゲストルームだし、師団としての活動時以外は外出も禁止のままである。

しかし魔法訓練と共にある日々は、忙しくもとても充実している。

「行くわよー、アディーテ」

「はい、副だ――シード」

一人では外出できない私を迎えにきてくれた今日も変わらず筋骨隆々でメイクバッチリの彼に返事をしかけて、咎めるように睨まれた。慌てて私が言い直せば「それでいいのよ」と言わんばかりに、フンッと鼻が鳴らされる。

シードはどうやら、とことん堅苦しいのが嫌いらしい。

最初は「敬語なんて使わないでちょうだい」と言われたのだ。私が「癖のようなものだから」とやんわり断ったら、代わりに名前呼びを約束させられた。

他人を名前呼びする事にはまだまったく慣れないけど、お世話になる人の要望なのだから、少しずつ慣れていきたいと思っている。

「それにしてもアディーテの部屋、何度見ても豪勢よねぇ」

何事もなかったかのように前を歩きながら、彼が言った。

王城のゲストルームともなればあれくらいは一般的な部類なのだけど、呆れたような声色なのは、彼が貴族の暮らしをあまりよく知らないからだろう。

「私としては皆さんと同じく、寮生活の方が嬉しいのですが……」

言いながら、私は申し訳なさに視線を落とす。

今の部屋から師団の訓練場までは、普通に場内を歩いても十五分ほど。それなりに時間がかかってしまう。

毎日迎えにきてもらうのは少々心苦しい距離だし、バングルを付けている間は、精霊たちからのちょっかいはないに等しい。今なら隠し事をした状態でも、寮生活を送る事もできると思うのだ。

しかしシードは難色を示す。

「軟禁状態、まだ解けてないんでしょ？　いやよぉ？　ワタシ。寮内に、監視も同然のメイドが出入りするなんて堅苦しい。それにアンタ、公爵家の令嬢でしょ？　そんな高い身分の人間が、いきなり世話役なし・共同フロアの当番制ありで平民に交ざって寮生活なんて、無理でしょ絶対」

実は一度、師団長様に同じ相談をした事があるのだけど、その時にもやんわりと似たような事を言われてしまっている。

その上彼にまで面倒臭そうな声色で暗に「できないからってワタシたちにおんぶにだっこされても困る」と言われてしまうと、私としても流石に呑み込まざるを得ない。

しかし。

「今はダメでもやはりいずれは、皆さんときちんと肩を並べたいです……」

魔法師団に受け入れてもらって、皆と一緒に過ごしてみて、最近はよく「私も彼らの事が知りたい」「同じ経験を共有したい」と思う事が増えた。

それは私にとってごく当たり前の感情の流れだったのだけど、彼は片眉を上げながら、まるで奇妙なものでも見たかのような目を向けてくる。

「あんないい部屋を蹴ってまでわざわざ寮に入って苦労したいなんて、アンタって本当に変な子よね」

「しかし、師団長様を始めとする貴族の師団在籍者も、皆さん寮生活なのですよね？」

「アレも全部変人よ。よかったわね、めでたく変人の仲間入りよ」

「はい、ありがとうございます！」

「いや、何でそれで嬉しいのよ」

何故か心底呆れたような顔をされてしまった。

しかし私が「仲間に入れてもらえるのは嬉しい事です」と言い返そうとしたところで、

ふいに通行人と肩がぶつかる。

それなりの衝撃だった。軽くたたらを踏みながら立ち止まり、慌てて相手の方を見る。

「申し訳ありません、大丈夫でした――」

最後まで言い終える前に、思わず肩をビクンと震わせた。

ぶつかったのは、素人の私の目から見ても鍛えているのが分かる体躯の持ち主だった。

燃えるような赤い短髪に、鋭い三白眼。この山吹色のマントはたしか、王太子殿下の護衛騎士のものだった筈。

しかしそんな考え事は、私を見つけた彼の目があっという間に蔑みに染まった事への恐怖に塗りつぶされた。

こんなのはいつもの事である。今回は少し、師団長様やシードたちが優し過ぎたから、その落差に当てられただけ。落ち着けばどうという事はない。そう自分に言い聞かせて、手に出た震えを抑え込む。

しかし彼は、いつもの方たちとも少し違った。

私にいい感情を抱いていない方たちは、その一方で権力による報復を恐れてもいる。だから大抵は誰かと一緒にいる時にしか、あからさまな言動をしてこない。

その点彼は、異質だった。一人でも真正面から睨みつけてきている。私を軽蔑しているのだと、ありありと分かる眼光で。

「貴様、いつもそうやって爵位が下の相手を睨みつけているのか。身分だけで偉いつもりとは……。でもまぁ『聖女になれなかったから』と、卑怯な真似をするようなヤツだ。そのくらいの傲慢さは備えていてもおかしくないな」

どこか馬鹿にするようなニュアンスで、鼻がフンッと鳴らされた。

私は別に自分を他者より偉いと思った事などないし、今も睨みつけているつもりはない。もしそう見えているのなら、ひとえに目つきの悪さのせいだ。残念ながら生まれつきなので、私にはどうする事もできない。

今の私にできる事といえば、精々俯いてこの顔を隠す事くらいしか――。

「ちょっとアンタ、さっきから何なの?! レディーにぶつかっておいてそんな言葉しか出ないんなら、とっととその口を閉じて、さっさと仕事に戻りなさい!」

聞こえてきた猛々しい啖呵に思わず目を丸くした。

いつの間にか大きな背中に、隠すようにして守られていた。辛うじて見えるシードの顔は、明確な憤慨に満ちている。

私のために怒ってくれている。

それは今までの私が持っていなかった、師団で新たに得た、得難い人の姿だった。

数秒間、場に沈黙が舞い降りた。

目の前の騎士様はその間、何を考えたのだろうか。その逡巡の内容は私には分からないけど。

「……ぶつかった事には、俺にも一定の非があった。それについては悪かった」

沈黙を破ったのは、不服そうな表情から繰り出された意外にも素直な謝罪だった。

あの威圧的な眼光はどこへやら。気まずそうに逸らされた目が、とても印象的だった。

すぐさま踵を返して去っていく彼の背中を見送りながら、私は内心で「もしかしたらこの方、私が思っているよりずっと怖い人ではないのかもしれないな」と思った。

つい先程まで敵意を向けていた相手にも、あぁして素直に謝罪できる。本当に怖いだけの人なら、きっとそんな事はできない。

しかしシルヴェストの方は、どうやらそうは思わなかったらしい。

《ねぇアディーテ。あのめちゃくちゃクソ感じの悪い騎士、ちょっとその辺に葬ってきていい？》

（ダメよ、シルヴェスト。体が大きな方なんだから、葬ってもその分土がこんもりよ。すぐに場所がバレちゃうわ）

《むーん、そっかー。じゃあしょうがない》

フワフワと宙を飛びながら言う彼を少し目で追っていると、すぐ隣から呆れたような深いため息が聞こえてきた。

「レグ・ダンフィードなんてアンタ、かなりレアなやつに絡まれたわね」

「彼とお知り合いなのですか？」

「師団長がね。とはいえ仲はよくないわ。そうじゃなくても元々騎士団と師団は折り合いが悪いのよ。その上二人とも、同年代で出世頭同士。師団長はともかくとして、あっち側がすんごい意識してるのよ」

「なるほど……」

「でも、それにしたって感じ、悪かったわね。たしかにアイツは普段から堅物で絡みにくいけど、あんなに理不尽なのも珍しいわよ？　アンタ、アイツに何したの」

怪訝そうな表情で聞かれたので、私は少し考えてみる。

しかしまったく思い当たらない。そもそも彼とは接点がない。普通なら嫌われようがない。

なら原因は一つしかないだろう。

「私の噂をよくご存じだったのではないでしょうか。それにしても、彼には非常に申し訳ない事をしました。大丈夫だったでしょうか」

「何が？」

「彼は、殿下を守る大切な身。今のでどこかを痛めてしまっていたら、仕事に支障が出るかもしれません」

もっとちゃんと注意して歩いていればよかった。ちょうど曲がり角で見えなかったにしても、ちゃんと耳を澄ましていれば、足音は聞こえたかもしれない。

そんな反省をしていると、カラッとした笑い声と共に、シードから背中にバシッと盛大なツッコミをお見舞いされた。

「何言ってんのよ、あっちは毎日体を鍛えてるのよ？　アンタ如きがぶつかった程度で調子を崩すような体じゃないわよ」

言われてみれば、そうかもしれない。むしろこの心配は、彼の日々の鍛錬を疑うものになってしまっているかも。

「っていうか、気にするのそこなの？　アンタってやっぱり変わってるわよ。皆からもよく言われるでしょ」

「どうでしょうか。この悪役顔のせいで、悪評・悪口の類はよく聞きますが」

「アンタも苦労してるのね……」

肩にポンと手を置かれ、憐れみと慈しみと応援の気持ちがない交ぜになった目を向けられた。どんな言葉を返していいのか、一瞬反応に困る。しかしそんな戸惑いも「まぁでも、だからこそそのアンタなのかもね」という彼の一言で、すぐに晴れた。

「思えばアンタ、最初から結構変わってたわ。初見で私に驚きも訝しみもしなかったのなんて、師団長とアンタくらいのものよ。ホント、中身はいい子なのに、その顔で損してるわよねぇ」

声色から不憫に想ってくれているのが分かるけど、そこに嘲りや侮蔑の色はない。

シードは、自分の思った事をスパッと言うから一見すると怖く思えるかもしれないけど、これでとても優しいのだ。こうして私自身をよく見てくれるし、とても仲間想いなのである。

改めて「恵まれてるなぁ」と思えば、思わず口から笑みがこぼれた。

「ふふふっ、ありがとうございます」

「何笑ってんのよ。まぁいいわ。さぁ、そろそろ訓練場よ？　今日もしごくから覚悟なさい？」

「はい！　今日も頑張ります！」

力強く答えれば、彼が満足げに笑った。

詠唱の声と爆発音（ばくはつおん）は、もうすぐそこまで近付いている。

五体の訓練用ゴーレムを前にして、シードが「フォーメーションαよ！」と号令を出した。

私とシードとあと二人、合計四人の小隊で、あらかじめ決められた役割にそってそれぞれに行動を起こす。

「防御力上昇（ディフェンスアップ）、攻撃力上昇（オフェンスアップ）、俊敏性上昇（アジリティーアップ）」

隣に立つおかっぱの青年が、まず立て続けに補助魔法を放った。

淡（あわ）い光が全身を包み込む。体が少し温かくなり、自分の体が一段階強くなったような感覚を得た。

同じ効果を付与（ふよ）されたシードが、いち早く地を蹴り、先頭に躍（おど）り出る。

彼は一番近いゴーレムの懐（ふところ）に、体ごと突（つ）っ込んだ。握（にぎ）り込んだ拳（こぶし）を腹部に打ち込むと、瞬間（しゅんかん）、装着していたメリケンサック状の彼用の特注魔道具（まどうぐ）が、強く赤色に発光した。

よく見ると、彼の体にも覆（おお）うように薄（うす）く赤い光がかかっている。

その光の正体は、無属性魔法・身体強化（フィジカルアップ）。先に体に付与された三つの魔法の上位互換（ごかん）で、威力もけた違いに高い。

しかし自身にしかかけられず、使える者も限られる。そもそも魔法師は、中・遠距離戦闘（えんきょりせんとう）を得意とする。近距離戦闘（きんきょりせんとう）特化のこの魔法を使いこなせる者は、もっと限られる。

だからこそ、シードの存在は貴重で強大だ。

それを証明するかのように、シードが拳一つで軽々とゴーレムを後ろに吹き飛ばした。

これで敵は、残り四体。内一体が、シードのすぐ後ろで既（すで）に腕（うで）を大きく振り上げている。

このまま行くと直撃（ちょくげき）だ。しかし彼は、何も一人で戦っているわけではない。

「縛蔓（バインド）ー」

間延びした女性の詠唱（えいしょう）と共に、地面から太い蔦（つた）が踊（おど）り出てきた。ゴーレムの腕に絡みつき、その動きを制限する。

シードがグルンと体ごと振り向いて、遠心力も使って二撃目を入れた。

ブチブチという音を立てて、ちぎれた蔦の残骸（ざんがい）共々、また一体後ろにゴーレムが飛んでいく。目の端（はし）でそれを確認（かくにん）しながら、私も練り上げた魔力の狙（ねら）いを定めた。

「水渦（ウォーターボルテックス）！」

突き出した右手から飛び出した激流が、渦を巻きながら空（くう）を貫（つらぬ）いた。シードを抜き去り、一番遠い標的へ。ぶつかるのと同時にゴーレムの巨体（きょたい）が、渦に絡めとられて回転しながら飛んでいく。

外壁にガァンとめり込んで、残りは二体。そう思った時には、味方の魔法がまた発動されていた。

地面から生えた石壁によって三方を囲まれた一体の、唯一の逃げ道をシードが体で塞ぐ。

そして拳で、また一撃。空気を揺らすインパクトと共に、敵の体が粉砕される。

ガラガラと崩れる石くれは、もう人型の片鱗さえない。

後ろから再び「縛蔓ー」という詠唱が聞こえ、最後の一体が地に縛られた。

私もまた即座に魔力を練り上げ、短文詠唱で魔法をくり出す。

「氷槍！」

発射された氷の槍に、ゴーレムが回避行動を取った。しかし何ら問題はない。槍を操って軌道を調整する。これはそういう事もできる魔法なのだ。

が、予期せぬ事は突然やってくる。

突然、槍の存在の膨張を感じた。

外からの干渉を受けたのだと、これまでの経験ですぐに理解する。

精霊からの干渉だ。そう確信したのと同時に、スピードに乗ってゴーレムを追っていた一本が、急に三本に増えた。

想定外の魔法の増殖に慌てて左手も突き出すと、はめていた銀のバングルが揺れた。

三本の槍のうちの一本は、予定通りゴーレムの脇腹へ。二本目は、少し逸れたがどうにか制御が間に合って足へと刺さる。しかし三本目は――。

「シード！」

制御が間に合わなかった最後の一本が、ゴーレムの後ろに回り込む軌道を取っていた。しかしその軌道上には、シードがいる。彼の横顔を抉らなければ、矢はゴーレムに届かない。

悲鳴のような声を上げながら、必死に最後の制御に全力を注ぐ。

私の思いに呼応して、槍の軌道がグググッと変わった。それでも掠めてしまいそうだ。もうダメかもしれない。事故を覚悟して頭の中で回復魔法の選択肢を出したところで、洗練された動きでシードが避ける。

最後の槍も無事に、ゴーレムへと突き刺さった。それぞれの槍の刺さったところから、バキバキと音を立てながら、ゴーレムの体が凍り付いていく。

氷漬けになるまであっという間だった。これにて『標的の殲滅及び一体の検体鹵獲』という想定ミッションは達成だ。

思わず体中の空気を吐き出すような、深いため息が口から出た。

同時に肩の力も抜けたけど、それは訓練がうまくいったからではない。

シードが怪我をせずに済んだ。それが唯一の安堵の理由だ。

「二人が補助、ワタシとアディーテが攻撃・捕獲。このフォーメーションも、随分と様になってきたんじゃない？」

前に出ていたシードが戻ってきながらそう言うと、私の後ろからあとの二人もそれぞれに口を開く。

「攻撃が副団長一人だった時よりも、素早く殲滅できてるな」

「今まで生け捕りにする時は私の縛蔓しか手段がなかったけど、アディーテのお陰で使える選択肢が一つ増えたねー。すごく助かるー」

どうやら皆訓練結果に好感触を抱いているらしい。

しかし私には、反省しかない。

「すみません、シード。もう少しで、貴方に魔法を当ててしまうところでした……」

相手にダメージを与えるための魔法ではなかったから殺傷能力はなかったとはいえ、背中を預けている相手から魔法をぶつけられては敵わないだろう。

学園でも、精霊の干渉を受けたせいで、制御の難しくなった魔法が危うく同級生に当たるところだった事があった。

もちろんうまく制御できなかった私が悪いのは大前提だけど、あの時散々周りからは「わざと私たちに魔法を当てようとした」「自らの力を誇示しようとしている」と言われ、謝罪する機会さえ与えられなかった。

そんな前科があったのに、思えば「精霊除けのバングルがあるから」と、心のどこかで事故は起きないと高を括っていた節がある。

バングルは精霊を牽制する事はできても、彼らの干渉を防ぐ保証をするものではない。

もっとしっかり干渉を警戒し、想定外の事態が起きても魔法を制御できるだけの余力を残しておくべきだった。

集まった三人の視線に耐えかねて、俯きながらそう猛省する。

もしかしたらこれがきっかけで、彼らに危険視されるようになってしまうかもしれない。

拒絶されるのを想像し、両手をギュッと握り込んだ。

しかし。

「はぁ？　アンタ何言ってんの？」

返ってきたのは予想外にも、呆れ交じりの声だった。

顔を上げれば、声の印象を一ミリも裏切らない呆れ顔のシードがため息を吐いている。

「遠征討伐部は戦闘部署なのよ？　あのくらいの危険なんていつもの事だし、訓練中なんだから失敗くらいするでしょ」

あとの二人も彼の言に、同意の気持ちなのだろう。互いに顔を見合わせた後で、口々に言う。

「そもそも戦闘中なんて、どこから攻撃が飛んでくるか分かったもんじゃないんだしー、アディーテも別にわざとじゃないでしょー？」

「むしろもしあれが当たっていようものなら、逆に満面の笑みの師団長から『あれくらい避けてください？』って言われるよ。で、間違いなく回避訓練メニューが追加される」

そんなふうに言いながら、班員たちはハハハッと笑った。

誰一人として、私を責めない。拒絶される事もない。

シードからは「でも、本番はミスらないようにしなさいよね。そのための訓練なんだから」と釘を刺されたけど、それさえ次への期待をかけてくれているように思える。

温かい彼らの反応に、涙腺が緩みそうになった。実際にそうならなかったのは、単純にそんな暇がなかったからである。

「ところで今の、どうやったの？　魔法を発動させた後で分裂させるなんて、僕、初めて見たんだけど！」

「私もそれ、思ってたー！　相手の虚を突くいい魔法だよねー。でもちょっと難しそー」

興味津々の二人に詰め寄られ、私は「えぇと」と押され気味になる。

困ってシードの方を見るが、どうやら取り成してくれる気はないらしい。それどころか彼も若干、興味ありげにこちらを見ている。

まさか「ただの不可抗力だった」とは、最早言えない空気だった。

幸いなのは、先程伝わってきた感覚で、先程と同じ状況を辛うじて魔法で再現できそうな事だ。

しかし説明する前に。

（シルヴェストォー？）

《僕しーらない！》

さっきからずっと足元から地味に吹き上がってくる風に、私は一つ異議を唱える。

すっかり私が訓練中の時の彼の定位置になっている近くの木陰で、お腹を芝生にペタリとつけて寛いでいた白いモフモフが今そっぽを向いたけど、知らない筈がない。

だって風から感じるのは、たしかにシルヴェストの力なのだから。

おそらく暇を持て余して、手遊びよろしく風を起こして遊んでいたのだろう。

しかしまぁ訓練終わりの火照った体には、程よく涼しくて気持ちがいい。周りにバレない程度の風加減だし、仕方がないから今回は許して――。


ハッとした。

シルヴェスト以外の精霊の力が、どこか近くで発生している。

これは、冷気を纏った力……？　そう思い至って、私は顔を青くした。

何故私は、つい先程急にされた精霊からの干渉を忘れていたのだろう。

あれはシルヴェストではなかった。それはすなわち、近くにもう一匹精霊がいるという事だ。

目だけで辺りを探すと……いた。氷漬けにしたゴーレムの上に、まるっとしたフォルムのシロクマが。

《あー、アディーテの氷！　いいねぇ、好き!!》

水色の瞳を爛々と輝かせながら、氷漬けゴーレムの周りを飛び回る彼女――氷の上級精霊・ブリザが大喜びしていた。


嫌な予感がせり上がってくる。

好きなものは、つい育てたくなる。以前逢いにきてくれた時、彼女はそう言っていた。

そして彼女はおそらく知らない。

ここでは精霊術を使わないでほしい、そんな私の内心を。


瞬間。彼女の力が膨張すると同時に、ゴーレムを封じていた氷が、突然大きく成長した。

空に向かって突き上げるように鋭く伸びたそのツララは、一瞬で先程までの五倍近くにまでなっている。

もちろん魔法の発動兆候はない。自然現象だと言い訳をするには、あまりにも無理があり過ぎた。

サァーッと顔から血の気が引く。

機転を利かせたシルヴェストが、咄嗟に氷の育った部分を風の力でスパンと切り離し、追撃の刃で塊を微塵に砕いた。

お陰で氷は地面につく前に、空気中に霧散した。異常な変化の形跡が、跡形もなく消え失せた。

ホッと胸を撫でおろしたのもつかの間、我に返り周りを見渡す。

もし今のを見て訝しんでいる方がいれば、誤魔化しておかなければならない。そんなふうに思ったのだが、幸いにも周りは平常運転だ。どうやらシードたちも、自らの後方で起きていた事には気がついていないようだった。

見られていなくて、本当によかった。

もしこの三人が見ていたら、間違いなく何かに気がついただろうから。

私が安堵する一方で、自らが育てた氷の前で満足げに白い息を吐いていたシロクマが、一拍遅れて怒りだしていた。見かねた優しいウサギが飛んでいって、彼女に説明してくれる。

すると、どうやら自分の行いが私の意に反していたと自覚したらしい。顎が外れたかと心配になるくらいあんぐりと口を開けた彼女は、次の瞬間ピューッとこちらに飛んできて。

《ご、ごめんねアディーテェェェ！　嫌わないでぇぇぇ!!》

顔面へのモフッとした衝撃と共に、急に片方の視界が白くなった。

いや、理由は分かっている。ブリザが顔面に抱きついているのだ。

（だ、大丈夫よブリザ。だからお願い、一旦離れて……？）

全身で全力の謝罪を伝えてくる彼女に、私は思わず苦笑いする。

氷の力を使ったばかりだからか、彼女が張り付いている場所がささやかな冷気に晒されている。

訓練後の火照った顔には、気持ちいい。が、前が今、まったく見えない。

みんなの前だ、自分で退ける訳にもいかない。だから自発的に離れてくれるように促しているのだけど、軽くパニックになっている彼女には、どうやら聞こえていないようだ。

仕方がない。そう割り切りつつ、シードの「ちょっとアディーテ？　勿体ぶってないで早く教えなさいよ」という言葉に「はい、えぇと」と応じる。

その時だ。

「四人とも、実に見事な連携でしたよ」

すぐ真後ろで、柔らかい称賛の声がした。

思わず肩をビクつかせる。一体いつからそこにいたのか、まったく気がつかなかった。

「あら、いたの？　師団長」

「えぇ。先程の訓練の最初から」

え、最初から……？　ならもしかして、さっきのも見て――？

手のひらに嫌な汗が滲み、急速に肝が冷えていく。ブリザが頭上にヨジヨジと上がっていくのと同時に、恐る恐る振り返る。

「アディーテさんも、もうすっかり馴染みましたね」

「え、ええ……」
水色髪の麗人の満面の笑みと、優等生を褒める先生のように労ってくれる声が、怖い。
きっと今、顔面が引きつってしまっている。理由は間違いなく、半顔がまだ冷たいからではない。
《どうしたの？　アディーテ、汗かいて。暑いの？　冷やしてあげようか？》
（大丈夫よブリザ、もう十分涼しいから。それよりも、そろそろ本当に退いてほしいのだけど）
《っていうかさ、そもそも何で君がここに？　いつも住処の氷山の奥地に籠ってるのに、人間界に下りてくるなんて珍しい。どういう風の吹き回し？》
《それがね、実はあたし、あの偽聖女の儀式の見届け役に選ばれちゃって》
《うっわ、とんだ外れクジだね。同情するよ、心から》
シルヴェストが、本当に嫌そうな声を上げる。
今のやりとりのお陰で、彼女が今ここにいる理由も分かった……のだけど、ねぇシルヴェスト。何も私の頭上に降りて話す必要はないんじゃない？　重い。
「ところでアディーテさん」
「うっ、は、はいっ！」

驚いて勢いで返事をすれば、師団長様が厭に綺麗な笑顔で私にこう言ってきた。

「少し話したい事があるので、一緒に来ていただけますか?」

毛穴という毛穴から汗が噴き出し、多分体温が一、二度下がった。


連れていかれた先は、師団長室だった。

ちょうど貴族家当主の執務室と似たような風体で、仕事をあまり溜めないタイプなのか、立派な執務机の上はとても綺麗に片付いている。

ブリザは外に置いてきた。例に漏れずついてきたシルヴェストは、着いて早々に肩から降りて、今は室内を遊泳中だ。

いつも通り、マイペースだなぁ……などと半ば現実逃避気味に思いながら、勧められたソファーにおずおずと腰を下ろす。

「安心してください。この部屋にいるのは俺たちだけです。ここではたまに国家レベルの密談も行いますから、外から聞き耳を立てる事はできないように作っていますし——」

そこまで言うと、彼はパチンと指を鳴らした。

瞬間、魔力が波紋のように広がって室内を満たす。

「これでもう、私が許可を口にしない限り、外からの来訪者はありえません」

「もしかして、立ち入り禁止の魔法を……？」

「知っていましたか、流石です」

感心されてしまったけど、流石なのは師団長様の方だ。

立ち入り禁止は、特定の人物以外の立ち入りを拒絶する魔法である。人を判別しない純粋な物理結界とは違い、上級魔法の更に上、特級魔法に分類される。

もちろん私がこの魔法を知っていたのも、本を読んでいたからだ。実際にお目にかかったのは、今日が初めてである。

それをパチンと指を鳴らすだけ、無詠唱でやってしまうのだから、この若さで師団長に選ばれているだけの事はある。

しかし話は、彼の魔法技能に舌を巻くだけでは終わらない。

彼は「安心してください」と言うけど、まったく安心なんてできない。

そのような魔法を披露してまで、何の話をするつもりなのか。無意識的に、身構える。

次の彼の言葉を注意深く待った。だからこそ、思わず拍子抜けしてしまう。

「改めて、いかがですか？　魔法師団は」

「え、ええ。遠征討伐部の方々以外とはまださほど交流の機会はありませんが、皆さんとてもよくしてくださいます」

予想に反した話運びに戸惑いながらもそう応じると、彼は和やかに頷いた。

「今の部署にもう少し慣れたら、他の部署にも一緒に顔を出してみましょう。浄化と治癒が使えるのであれば、最初は治癒部がいいでしょうね。因みにアディーテさん、技術開発研究部や魔法付与部にご興味は？」

「そうですね……お役に立てることがあるかどうかは分かりませんが、どんな事をされているのか、一度見学はしてみたいです」

「分かりました。では一度折を見て、そちらにも顔を出しましょう」

なんだ、ただの業務上の聞き取りか。そう思い、ホッと胸を撫でおろす。

もしかしたら隠し事を前に、少々神経過敏だったのかもしれない。

先程の件も、きっと何も見ていなかったのだろう。そんな前向きな思考も出てきた。

だからこそ、彼の次の言葉にヒュッと息を呑んだ。

「ところでアディーテさん、聖女ですよね？」

言葉尻こそ上がっていたけど、疑問ではない。間違いなく断定的な確認の声だった。

自然な声のトーンで尋ねられた事はもちろん、きっと安堵と緊張の落差もよくなかったのだと思う。気付いた時にはもう既に、分かりやすく動揺した後だった。

そんな私を静かに見据えながら、彼は続ける。

「最初に俺が君の正体に思い当たったのは、先日の聖女のお披露目の儀での事です。聖女・ララーが引き起こした騒動の直前、俺には君が誰よりも早く、事の起こりを知覚したように見えました。ララーさんが魔法暴発の兆候を見せる前、師団長である俺でさえ、まだ気付き得なかった時に、です」

足を組みニコリと笑っている彼は、とても絵になる姿だった。しかし深い青色の瞳は、虎視眈々と私を狙う狩人の目のようにも見える。

暴かれる。頭の中で、そんな警鐘が鳴っている。

とても怖い。真実という名のひんやりとした凶器を、喉元に突き付けられているような感覚だ。

「謁見の間で、君はすべての問いに対し『分からない』という旨の回答をしていました。その内の一度、陛下が確認を取ってこなかったため敢えて口にはしませんでしたが、少なくとも肖像画の件については、明らかに嘘が含まれていました。君には隠し事がある。それも周りには言えないような隠し事が。あの時そう、思いました」

逃げたいのに、無傷で逃げる方法が思いつかない。

怯えている間にも、逃げ道はどんどんと塞がれていく。まるで私を守る薄皮を一枚ずつ剥がしていくかのように、彼は私の隠していたものを詳らかにしていく。

どうしよう。一体、どうしたら。

心を読まれたくなくて、私は彼から目をそらした。

しかし、それもよくなかったのかもしれない。動揺している私を心配して寄ってきてくれたシルヴェストを、半ば無意識的に視線の逃げ道へと選ぶ。と、更に彼がこう続ける。

「聖女には精霊の姿が見える――というのは、よく知られた逸話です」

ドクリと心臓が嫌な音を立てた。

「先日、君を師団に勧誘した時も、今のように何もない場所に目を留めていました。そして、その精霊除けのバングルにも気付きました。袖の下に隠れていて、君からは視認さえできていなかった筈なのに」

「そ、それは……」

言いながら、視線を手首の銀色に落とす。

咄嗟に言葉が出てこない。

「その上先程の訓練です。厳密には訓練後の事ですが、ゴーレムを拘束していた氷が、一瞬で体積を増し、砕けて消えました。現象だけを見れば魔法のように見えますが、あの時魔法発動の兆候はどこにもありませんでした」

やはり見られてしまっていた。

これだけの状況を並べられてしまっては、流石に「すべて気のせい」で済ませる事もできない。

話を聞くに、そもそも今日の事がなくても、彼は十分私を糾弾できるだけの材料を持っている。にも拘らずこのタイミングで言及したのは、きっと『気のせいだと思える時期はとうに過ぎてしまった』と思ったからなのだろう。


聖女だと自ら名乗り出るか、聖女だとバラされるのを待つか。

目の前に用意された二択に、私が抱くのは絶望だ。

前者を取れば、すぐに聖女に。後者を選べば猶予こそ与えられるものの、対外的に明るみに出るまで日々恐怖に苛まれた上で、結局は聖女に祀り上げられる。
どちらも結末は、私の意思がすり潰されて、使い潰される未来だ。
《ねぇアディーテ。もし君が望むんなら、僕はどこへでも君を逃がすよ?　一言「やって」と言ってくれれば、僕が全部やってあげる》
シルヴェストの言葉に甘えて、楽になりたい気持ちに駆られた。しかし、ダメ。彼は大事な友人だ。手荒な事をさせたくはない。

ならば私は。けれど私は――。

「俺は別に、君に聖女になって欲しいわけではないのです」

「――え」

思わず声が出てしまった。私の耳には彼が今、「見逃す」と言ったように聞こえた。

でもそんな都合のいい話、ある筈がない。

「俺はただ、アディーテさんの力になれると伝えたかっただけです。君の意思に反する事を強要する気はありません」

どうしよう。いい笑顔で、私に都合のいい事を言っている。

彼が嘘をついているように見えないのは、欲目で見ているせいだろうか。

でもよくよく考えれば、もし私がここで聖女である事を認めなくても、彼は自分で調べを進め、陛下に報告をする事ができる。たとえ私が今ここでどのような判断を下しても、今以上に状況が悪化することはない。

しかし、だからこそ一つだけ気になる事があった。

「そんな事をして師団長様に、どのようなメリットがあるのですか……？」

彼が私を庇ったところで、何一ついい事はないだろう。それどころか、知りながら報告を怠れば、下手をすれば反逆行為扱いだ。重い処分を受ける羽目になるかもしれない。

そんな危険を冒してまで、何故味方をしてくれるのか。

暗にそう尋ねると、彼は何故か目を伏せ頬を緩めた。

「目に見えるようなメリットなど、必ずしも必要とは限りません。俺は、誰かに何かを強いられる事が嫌いです。だから今、似たような境遇にあるのかもしれない君を放っておけない、それだけです」

何故、まるで優しい記憶に想いを馳せているかのような声色でそんな事を言うのか、私にはまったく分からないけど。

「俺らしく在るための選択を俺が過去にしたように、君にもまた君らしく生きるための選択をしてほしい。そのための手助けが、俺にはできると思っています。これでも一応それなりに融通が利く地位にいますし、陛下の覚えもめでたいつもりです」

彼にはもう、城内での外出の自由と魔法を使っていい場所、気のいい人たちとの出会いまでもらっている。その上今度は私の秘密まで、一緒に守ってくれると言う。

そんなうますぎる話、ある筈がない。そう思うのに、とても不思議だ。

「俺を、君の共犯にしてみませんか？」

私を師団に誘ってくれた時もそうだった。一つ知れば新たにまた一つ疑問が増えるような方なのに、彼はいつだって簡単に、私の心に滑り込んでくる。——でも。

差し出された手に、躊躇した。

信じていいのか、彼を巻き込んでしまっていいのか、最後の最後で勇気が出ない。

そんな私の背中を押したのは、軽い口調の少年の声だ。

《いいんじゃない？　コイツはアディーテに手を取ってほしそうだし、何より君が信じてみたいと思っている》

頬にモフッと、シルヴェストの小さな手が当たる。

《ねぇアディーテ、僕には分かるよ。本当はずっと、秘密を話せるヒトが欲しかったんでしょ？　ヒトじゃない僕には叶えられない夢だ。でも、精霊だからこそできる事もある》

頼りがいのある友人の説得力のある一言——だと思ったら、オーバーなくらい大きく肩をすくめてこんな言葉が続く。

《どうせアディーテは性格的に、他人を疑うのに向いてない》

いや、そんな事はないと思うのだけど。

《だから、しょうがないからその役は、僕が代わりに引き受けてあげるよ。いい会話も悪い行いも、精霊伝手に全部僕の耳に入る。もし何かしたその瞬間に、吹き飛ばしてやる事なんて簡単だ。だからアディーテは安心して、コイツを信じてればいいよ》

茶化(ちゃか)すような、それでいてとても愛情深いその言葉は、不安に揺(ゆ)れていた私の心にストンと綺麗に落ちてきた。

誰よりも信用している彼が「安心していい」と言ってくれている。それだけでもう、無敵になったような気分になる。

頬を緩ませながら、私はゆっくりと目を閉じる。

師団長様は、最初に私を見つけてくれた方。最初から私を偏見(へんけん)のない目で見てくれて、私でさえ気付いていなかった自分に気付かせてくれた方だ。

そんな彼が共犯になるとまで言ってくれていて、シルヴェストも見守ってくれている。ここまで条件がそろっても尚(なお)まだ動き出せないのだとしたら、それは私が守りたいと思っている『自分の意思』を、自らの手で握りつぶすのと変わらない。

「……頼っても、いいでしょうか」

ゆっくりと瞼(まぶた)を上げ、師団長様をまっすぐに見据える。

我ながら、か細くて頼りない声だ。

その弱々しさにか、言い方にか、師団長様は一瞬キョトンとした。しかしすぐに口元を綻(ほころ)ばせる。

「ええもちろん。頼ってくれて嬉(うれ)しいですよ」

安堵した様子の彼を見て、私も肩の力が抜けた。

そうなって初めて、自分がどれだけ緊張していたのかを悟る。しかし、そんなものとはもう、さよならだ。これからは心穏やかに――。

「では、今日から共犯になったわけですし、私の事は『セリオズ』と呼んでくださいね？」

「へ？」

思わず間の抜けた声が出た。

「そもそも不公平だったのです、シードの事だけ呼び捨てというのは」

満面の笑みとは対照的に、声からはほんのりと拗ねたようなニュアンスを感じた。

綺麗な顔で微笑んだ彼に一瞬冗談かと思ったけど、どうやら本気のようである。

彼はさも「それくらい簡単でしょう？」とでも言いたげだけど、社交界入りした淑女が殿方を名前で呼ぶ事など、特別な間柄でなければあり得ない。シードは社交界の住人ではないからいいとしても、貴族家出身の師団長様には流石に躊躇せざるを得ない。

「師団長様、さすがにそれは――」

「セリオズ、です」

体よく断ろうとした私に、彼はゆっくりと首を横に振った。

私たちの間を隔てるローテーブルに手をついて、笑顔で私を威圧してくる。

「チェ、チェザーリオ様」

「セリオズ」

思わず顎を引きながら家名呼びにしてみたものの、どうやらお気に召さないらしい。彼は更にテーブルに体重をかけて、こちらに身を乗り出してきた。

綺麗な顔が距離を詰めてきた分、今度は体ごと引いて距離を取った。

背中がトンと背もたれに当たる。もうこれ以上は、下がれない。更に身を乗り出してくる彼に、呼吸の仕方が分からなくなる。

頬に集まった熱のせいか、それとも酸素不足のせいか、だんだんと頭がグルグルしてきた。

「……セリオズ、様」

ついに観念して、絞り出すように彼の名を呼ぶ。すると、ゆっくり三秒後。

「……ふむ、まぁいいでしょう」

彼が身を引き、ソファーに座り直した。どうやら『様付け』は許容の範囲内だったらしい。

呼吸の仕方を思い出して、命拾いしたような気持ちになった。

ドッドッと強い音を立てている心臓に手を当て、深呼吸しながら内心で「この方はもう少し、自身の顔面の造形美の凶悪さを、正しく認識した方がいい」と密かに悪態をつく。

するとと、まるで心臓が落ち着いてきたのを見計らったかのようなタイミングで、彼が楽しげにクスリと笑った。

「これでもう、俺と君は秘密で繋がれた特別な仲です。仲良くしてくださいね？　アディーテ」

急に繰り出された呼び捨てに、心臓がまた大きく飛び跳ねた。

機嫌よさそうに微笑む彼は、心なしかイタズラっぽい顔をしているように見える。……もしかして。

「師……セリオズ様、今の、確信犯ですか？」

「一体何のことでしょう？」

いい顔で笑ってくる彼に、私は「間違いない、この方絶対に確信犯だーっ！」と思ったのだった。

閑話

アディーテ・ソルランツは悪なのか

仕事終わり。殿下の側を辞して廊下を歩きながら、暗くなった窓の外に目をやり、俺は「はぁ」とため息を吐いた。

鏡のようになった窓には、山吹色のマントの騎士服に、赤髪三白眼の男が映っている。自分でも元々愛想がいいとは思っていないが、それにしたって眉間に寄った皺がいつもの三割増しくらいに深い。

よほど不機嫌なのだろう。我ながらそんな感想を抱く。

原因は、自分が一番よく分かっている。最近ずっと、仕事中でさえ、頭を離れない疑問があるからだ。

誰もが皆口を揃えて「あの女はとんだ策略家だ。権力を使う事も厭わずに、いつも自分の利しか考えない悪だくみをしている」と言う人間――アディーテ・ソルランツ。

先日の聖女・ララーが起こした件に対する疑惑も含めて、あの女は「悪いヤツだ」と、俺も信じて疑わなかった。

しかし。

「開口一番、あいつは謝罪を口にした」

誰もいない廊下に、俺の呟きがポツリと落ちる。

分からなくなってしまったのだ。先日王城の廊下で、初めてあの女と会って。

だってあの時あの女は、ぶつかった俺を一言も責めたりしなかった。それどころか開口一番、俺に謝ってきた。

あの時は見下すようなあいつの表情に、ついカッとなって感情の臨戦スイッチを入れてしまったが、あのガタイのいいチェザーリオの部下に指摘されて、気づかされた。

こっちだって不注意だったのだ。なのにあの時俺は一方的に、あの女に詰め寄った。あの時偏見にまかせて礼を欠いていたのは、間違いなく俺の方だった。

にも拘らず、あの女は言い返してくる事もしなかった。それは、少なくとも俺の中のアディーテ・ソルランツ像を崩すには、十分すぎる齟齬だった。

あれ以降、俺はずっと考えている。

——アディーテ・ソルランツは悪いヤツなのか。

殿下は依然としてあの女を「軟禁状態の身でありながら陛下にうまく取り入った挙句、楽しげに毎日城内をウロウロとしやがって」と論っている。が、それは真実なのだろうか。先日、たまたまあの女の訓練をチラリとだけ見る機会があったが、少なくともその時は真面目にやっているように見えたし、師団内の連中にも認められているように見えた。

もちろんすべては策略で、ネコを被って師団を懐柔し、利用しようとしている可能性もある。が、殊集団戦闘における『連携』に関しては、同じ戦闘職として認めなければならない部分がある。

己の役割をしっかり理解し、周りと状況に合わせて臨機応変に動く。そんな連携に必要な動作が、あの女にはできていた。

それは技術と経験だけでは培えない、傲慢でしかない人間には決してできない事である。

あの女個人の技を見ても、曲がりなりにも国の直轄である師団員の基準に届いて余りある実力持ちに見えた。遠征討伐部の中にいても、決して見劣りしていなかった。

あの女には、自分の実力を磨き、周りと協調する気概がある。力ある者の義務を、師団に入る事できちんと果たそうとしている。

それらの事実をこの目で確かめてしまった以上、たとえ相手があの女でも、その実力を認めないのは俺の騎士道精神に反する。

もちろん、卑怯な手を使って聖女・ララーの献身を邪魔しようとした件については、今も尚苛立ちを感じている。が、もし今あの女が反省し自らを矯正しているのなら、今は今として見るべきだと俺は思っている。

そもそもよく考えれば、『師団に入れた』という事実と『ある程度の自由を手に入れた』という結果だけを論い「遊んでいるだけ」と断じるのには無理がある。

もしかして殿下はただ単に……いや、ちょっと色々と考え過ぎか。

今の俺に関係しているのは、「あの女のせいで殿下が連日機嫌を損ね、非常に仕事がやりにくい」という部分までの筈。実際に絡む機会など滅多にないのだし、あの女がどういうヤツなのかを俺が正確に知る必要はない。

そう自分に言い聞かせ、頭の中にずっと居座っているアディーテ・ソルランツを追い払う。

考え事をしながら歩いていたせいで、気がつけば普段は来ない区画にまで歩いてきてしまっていた。

庭園を照らし出す丸い月が、辺りに淡い陰影を作っている。

どうやら今日は満月らしい。時間が遅い事もあってか、鳥さえ眠った庭園には僅かに草木が揺れる音しか聞こえな——。

「ダンフィード卿？」

女の声が俺を呼んだ。

反射的に辺りを見回し、声の主を探し、見つける。

見上げた先、城内二階のバルコニーに、長い髪を耳に掛けながらこちらを見下ろす人影があった。

平均女性の華奢なシルエットが、相手が身じろぎした事で光の加減が変わり正体を露わにする。

そこにいたのは、常に何かしらを企んでいそうな顔つきのあの女だった。

まさかつい今しがた「絡む機会など滅多にない」と思っていた相手と鉢合わせるとは。

内心少し、動揺する。

しかし聞こえてきた声に、すぐに俺は調子を戻した。

「こんな時間にこんな場所まで。もしかして警備の途中ですか？」

何言ってんだ、この女。思わず内心でそう吐き捨てた。

騎士は巡回警備をしない。するとしたら衛兵だし、この時間にこの場所は巡回しない。

そう言ってやりたい衝動に駆られたが、一部機密情報を含んでいるし、言えば間違いなく

「では何故ここに?」という話になるだろう。

色々と面倒臭いので、敢えて否定しない方を選んだ。その代わり、一つ気になっていた事を尋ねる。

「お前、何故聖女・ララーに危害を加える」

今日また殿下が「そんな事があったのだ」と、愚痴を零していたのを聞いた。

こいつの評価を最近上方修正したばかりだった事もあり「何故そんな事をするのか」という憤慨と「本当にそんな事をしたのか?」という疑問がせめぎ合い、ちょうど今日一日、ずっとモヤモヤとしていたのである。

声は大して張らなかったが、どうやら届いたようだった。

「私には別に、現状への不平も彼女への不満も、特に抱いてはないのですけど……」

言いながら小さく笑う姿は、まるで「自分には何の落ち度もない」とでも言いたげだ。

「今日も、お前から聖女に手を出したんだろ。なのに、その言い草か」

しらばっくれられたような気がしてムッとし、若干口調が荒くなる。対するあの女は小首を傾げた後、小さく「あぁ」と声を上げた。

「今日というかもしかして、師団の近くで偶然お会いした件でしょうか」

「師団の近く?」

「ええ。訓練の合間にいらっしゃって」

それはおかしい。聖女は散々殿下から「何をされるか分かったものじゃないから、師団の近くには近寄るな」と言われている筈だ。そんな場所で偶然会う筈がない。

「ララーさんに話しかけられて、少しお話をしました。その、大分ストレスが溜まっているようではありましたが……」

心配じみた言葉を発し、何故か少し申し訳なさそうに眉尻を下げるこの女が嘘をついているのか。それとも聖女が殿下の言いつけを、うっかり破ってしまったのか。あるいは。

少し前までならきっと「この女、なんて白々しい嘘を」と思ったに違いない。

が、今の俺にはなんとなく、この女が嘘を吐いているようには見えなかった。

何の証拠もない、ただの直感。だけど俺はこれまでずっと、直感に頼って生きてきた。経験上、俺のこういう直感は当たる。そんな妙な自負がある。

伝え聞いた事と自分の内心や直感、一体どちらを信じるべきなのか。どちらも違うのか、それとも両者が共存できる稀な状況が、どこかに存在しているのか。

分からない。だから……答えを一旦保留にした。

挨拶もなしに背を向けたのは、別にあいつに会いにきたわけでもないのにわざわざ断りを入れるのも変な話だろう、と思ったからだ。

「あっ、月夜とはいえ暗いですから、足元に気を付けてくださいね？」

護衛騎士の俺相手に、こんなにも明るい夜の足元を心配するなんて、どんな神経をしているんだ。

内心で「大きなお世話だ」と返しながら、俺はまた、考えてしまう。

――アディーテ・ソルランツは、本当に悪いヤツなのか。

前評判とは違い過ぎて、何だかひどく調子が狂(くる)う。

この謎(なぞ)を解くには、先程(さきほど)この女が言っていた聖女・ララーとの鉢合わせの件の真相を知るのが、一番の近道なのだろう。

第三章　やりたい事を見つけました。だから声を大にもします

午後の訓練の合間の休みは、近くの木陰で涼みながら雑談をするのが通例だ。

目の前では、個人練習の的当てに、ゴーレムを用いた実技訓練、魔道具の慣らし運転や、武器を併用した一対一など、思い思いの訓練がされている。

これだけの実力者が集まれば、見ていて飽きないし参考にもなる。そんな話をシードにしたら「アンタ、休憩時間くらい休憩しなさいよ」と呆れられてしまったけど、体はしっかり休めているし、耳と口はしっかり雑談に参加できている。何ら問題はない。

「私はねー、フルーツならダントツでビルベリーだなー。自領の名産だったしねー」

「ロイナはオックス領だったたっけ？」

「うんー。師団に入るきっかけも、実はビルベリーだったんだよー。ちょうど家の手伝いでビルベリーを収穫してた時に、街が魔物の襲撃を受けてー、師団の人たちに助けられてー。憧れちゃったよねー、皆を背に戦う姿が、すっごくカッコよくってさー」

飲み物を片手にそう語るのは、相変わらずの間延び声の女性。いつも通り白い師団ロー

ブのフードまでしっかりと被りこんでいるけど、その下から覗く目は、いつもの眠そうなものとは違い、憧憬に煌めいている。

彼女・ロイナさんの故郷・オックス領といえば、魔物が多い事で知られている。社交界でも、よく『選りすぐった猛者を雇い入れ、厳重に都市防衛をしている』と言われているような土地だ。

そんな所に師団が派遣されたのだ。きっと領内でも対処が難しい、強い魔物が出たのだろう。そんな事態でも『これまでの生活が脅かされる事への恐怖』に憧憬が勝ったのだ、よほどカッコいい背中だった筈である。

それ程ならば、彼女が遠い故郷からわざわざ師団に入るために単身王都に出てきたのにも納得だ。

「助けてくれた方は、今も師団に？」

「うん。今はもう他の部署だけどねー」

少し照れながら教えてくれるロイナさんが、とても可愛らしい。

私は上級貴族である上に、周りから距離を取られるほどの悪役顔と悪い噂持ちだ。誰かに恋をした事はないし、もし誰かを好きになっても、きっとその先は想像さえできないだろう。

だからあまり分かったような顔はできないけれど、もしかしたら彼女はその人に、尊敬以上の感情を抱いているのかもしれない。

「でもうちみたいな部署は特に、誰かへの強い憧れや信念を持って師団入りした子、多いでしょ。アランドもたしか、そうだったわよね？」

シードの言葉に振り向くと、訓練で掻いた汗のせいでおそらくずれるのだろう。人差し指で眼鏡をクイッと押し上げる、おかっぱ頭の青年・アランドを見つけた。

「そうなのですか？　アランドさん」

「うんまぁね。僕の街はロイナの実家よりも、もっとずっと田舎の小さな村だったんだ。今はもう魔物に壊滅させられて跡形もないけど」

「壊滅、ですか……」

社交界や学園内でも、時折聞こえていた言葉ではある。小さな村だったのなら、周辺警備を厳重にするにもおそらく限界があっただろう。

小さな村ほど甚大な被害が出やすい。この常識は、そこから来ている事が多い。

「救援が間に合わなかったのか、呼んだけど後回しにされたのか、それとも呼べてすらいなかったのか。実際に何が原因だったのかは結局分からないけどさ、事実として僕たちは自分の故郷を棄てざるを得なかったし、死者だってゼロって訳じゃなかった。他の村に移り住んだ後も、当分は『もしかしたらまた魔物が襲ってくるかもしれない』って、不安な気持ちを抱えてた」

過去を語る彼の表情は、ロイナさんとは対照的だ。

真剣に切実に、未来を見据える強い瞳。彼の目に灯っているのは、強い意志の光だった。

「僕は、昔の僕みたいな思いをする人を少しでも減らしたくて、師団に入った。一秒でも早く村々のＳＯＳに気付ければ、一秒でも早く動き出せれば、それだけ助かる命や心があるかもしれない。そんな実績が増えていけば、もし魔物に村を襲われた時にも『師団がいるから大丈夫』って、眠れぬ夜を過ごす被害者たちの勇気に繋がるかもしれない。そのために、少しでも貢献できればって思ってるんだ」

「それは、とても素敵な夢ですね」

そしてとても、カッコいい志だと思う。

「ま、皆色んな経験をして色んなところから集まってる子たちだから、それぞれに目標があるっていうことよ」

そんなシードの一言に、私は「この方たちにも、それぞれの夢があるのだろうか」と、今目の前で訓練に汗を流している方たちに思いを馳せる。

ここにいるのはおそらく皆、自分の想いを実現するために自ら行動した方たちなのだろう。たまたまセリオズ様の目に留まり、運よくここにいる私とは違う。だから私には彼らの事が、とても尊く眩しく見えて――。

「ララーの事は嫌うくせに、平民に交ざる事は厭わないのか」

男性の、明らかに蔑んだ声が耳に届いた。

「え、殿下……?!」

アランドさんが声を上げ、ロイナさんが目を丸くする。

彼らが驚くのも無理はない。そこにあったのは、何人もの供を引き連れた王太子殿下の姿だったから。

その点シードは、流石だった。普段は絶対にこない相手の来訪にも動じる事はなく、すぐに片膝をつき軽く首を垂れる。

とりあえず私も彼と同じく王族に対する礼を取れば、アランドさんやロイナさん、私たちの反応で殿下の来訪に気がついた面々も、遅れて私たちの真似をした。

そんな私たちを見て、殿下はどうやらフンッと鼻を鳴らしたようだった。

訓練に勤しむ音が消えた広場に、ザリザリという殿下の足音が響く。

その音が、私の前でピタリと止まった。一体何の用事なのか。思わず身を固くする。

「アディーテ・ソルランツ。貴様、城内での行動規制が緩んだのをいい事に、わざわざララーに意地の悪い事を言うためだけに、その辺をウロウロしているらしいな」

頭の上から振ってきた声に、私はおおよその状況を理解した。

ララーさんには、最近よく廊下で会う。だから殿下は心配して、釘を刺しにきたのだろう。

しかし私には害意も悪意もない。こうして圧力をかけたところで、精々私を「そんな事を言われても……」と困らせるだけの効果しかないのだけど、そんな事をここで言ったところで、彼はきっと聞く耳を持たないだろう。

元々私は誤解されやすい。この程度の言葉を向けられることには、最早慣れたものである。

いつも通り、嵐が通り過ぎるのをただ待つだけ。次の瞬間まで、私はそう思っていた。

「しかしお前、ララーに近付く手段なんていくらでもあった筈だろうに、わざわざ『権力を求める卑しい平民』と『やつらと同じ所まで堕ちた貴族』しかいない師団への所属を選ぶとはな」

殿下は如実に嘲笑を見せた。

周りの空気が一瞬ピリつく。しかし相手は王太子だ。すぐに表面上から反骨心を消し、皆口を噤む事にしたようだ。

そんな中、私はグッと拳を握った。

実力主義の魔法師団が一部の権威主義者からあまりよく思われていない事は、私もそれなりに知っていた。ここまで如実に言葉に示す事こそなくとも、殿下がそちら側の思想の持ち主である事にも、薄々気が付いてはいた。

しかしこれは、いただけない。

「あぁもしかしてヤツらなら、自分の権力で容易に抱き込めるとでも思ったか？　だとしたらまぁ、正しい選択だっ――」

「たとえ殿下であろうとも、それ以上は許容できません」

気がつけば声を上げていた。

たしかに怒っている筈なのに、頭の芯は驚くほどに冷えていた。

何が腹立たしくて、何が許せないのか。私が主張したい事がすべて、明瞭に頭に浮かんでいた。

伏せていた顔をグッと上げると、おそらく先程までは優越感たっぷりだっただろう殿下の、怒りの形相と対峙した。

「お前、誰に向かってそんな口を聞いているのか、分かっているのだろうな！」

「存じ上げております。だからこそ、この国のために日々尽力している臣下に言うべき言葉ではないと、忠言差し上げているつもりです」

「何っ?!」

やはりどうやら殿下には、逆らう者は目障りらしい。

今まで一度も言い返さなかった私に声を上げられた事も、きっと腹立たしいのだろう。

しかし気持ちが逆立っているのは、なにも彼だけではないのである。

忠言だなんて嘘である。本当はただの建前でしかない。

私はとても運がいい。

機会と出逢いに恵まれたお陰で、今私は学園時代にした魔法への努力という名の貯金を、活かせる場所に立てている。

でもそれだけだ。

私には、皆のように強くなりたいという確固たる意思も目標もない。

師団での今は楽しいけど、その先に見据えるものはなく、誰かのために体を張りたいと思えた事も、一度もない。

だからこそ、目標のために志高く修練に励み己を磨く彼らを、とても尊敬しているのだ。

きっと私への言及だけなら、いつも通りに聞き流せていただろう。でも彼は、私が尊敬している彼らを、私を嘲笑うためだけに目の前でこき下ろしてみせた。

それがどうしても許せない。

「師団がどれほど国に貢献しているのか、殿下ほどの立場の方であれば正しく把握して然るべき。知っていて尚その貢献に敬意を払わない事を選んだのだと愚考しますが、何故そのような事をするのか、私には理解が及びません」

声が少し、冷やかになっている自覚がある。おそらく怒りを感じている今、私の人相はいつも以上に、よろしくない事になっているだろう。

それでも。

「私は、彼らが国やそこに住まう人々のために、日々砂埃にまみれながらも地道な努力をしている事を知っています！　そんな彼らを尊敬しています！　私には確固たる目標などありませんが、彼らの意志を守る一助になりたいと、そのために彼らの隣にいても恥ずかしくない自分であれるように、日々自分を磨きたいと思っています!!」

背筋を伸ばし、胸を張った。

スラスラと口から出た意志表明は、まだ言葉になりきっていなかった私の中の目標だ。

私には、まだ見ぬ不特定多数のために頑張ることは難しい。でも目の前の、尊敬できる方たちのためになら、今素直に一人の魔法師として、力を貸したいと思えている。

だから、訴えずにはいられない。

「この気持ちは、既に私の芯の部分。ここにいる事は誰でもない、私自身が望んだ事です！　ですから私がここにいる事に、殿下の納得は不要です!!　……殿下、覚えておいてください。もしまた貴方が私の前で彼らを侮辱した時は、私もまた声を上げます。今日と同じように、真っ向から」

自分でも少し驚くほどに、キッパリとそう言い切れた。

私の語気や、人相の悪さに気圧されたのか。彼はグッと押し黙り、機嫌悪そうに舌打ちをする。

「興がそがれた！」

大袈裟にマントを翻し、勢いよく殿下が踵を返した。ついてきていた護衛騎士たち共々、慌ただしく訓練所を去っていく。

その背中をじっと見送っていると一瞬だけ、騎士の一人と目が合った。

赤髪の、物言いたげな三白眼の方。しかし彼――ダンフィード卿は、結局何も言わないまま、この場を後にした。

「ちょっと師団長、今の見てた?!」

いつものように書類仕事の息抜きを兼ねて訓練場の様子を見にきていた俺は、目敏いシードに見つかった。

いつにも増して彼の声が弾んでいるのは、きっと彼も他の団員たちと同様に、アディーテの言葉に共感し、殿下を返り討ちにした現状に気持ちよくなっているからだろう。

「ええ、ちょうど見ていました」

向けた視線の先にいるのは、殿下を弁舌で追い払ったアディーテと、彼女の周りにワッと集まる団員たち。口々に「やるねぇ！」「なんかスカッとしたわ」「庇ってくれてありがとう」と、声を掛けられているアディーテは、驚きはあれど嬉しそうだ。

その様を少し遠目に見ながら、俺は満足感に目を細めた。すると、俺の視線で気付いたのだろうか。ハッとした様子のアディーテが、小走りでこちらにやってくる。

何やら先程までとは一変、急に申し訳なさそうな顔になっているのは何故だろう。そんなふうに思っていると、開口一番で彼女の口から、謝罪の言葉が飛び出した。

「申し訳ありません、セリオズ様。もしかしたら私のせいで、今後殿下の師団への風当たりが強くなってしまうかもしれません……」

あぁなるほど、何かと思えば彼女らしい。自身への風当たりよりも、師団への影響を心配しているらしい。

「何ら問題はありません。師団に対する殿下の認識は以前からよくはありませんでしたし、我々は魔物討伐や魔道具の開発など、他では出せない実績を出しています。少々心証が悪くなったところで、何の手出しもできないでしょう」

簡単にそう説明すると、彼女の表情が安堵に緩む。おそらく性格由来なのだろうけど、こうしてすぐに思っている事が顔に出る所は、彼女の愛すべき点だろう。

――昔から、こういうところは変わらないな。

俺は内心でそう、独り言ちる。

どうやらアディーテは、俺との初対面を先日の謁見の間だと思っているようだけど、俺たちは昔一度だけ、会って話した事がある。

忘れもしない、今から約六年前。俺が十五歳の頃にアディーテがくれた言葉と笑顔が、俺が俺として歩き出すための大きなきっかけになったのだ。

当時の俺は、大きな悩みを抱えていた。

その悩みから逃げたくて、逃げられなくて。だから小さな反抗——いや、今思えば現実逃避だったのだろう。貴族たちのお茶会に参加する度に、途中で抜け出して一人でコッソリと、誰の目もない場所でサボっていた。

その日もいつもと同じように、勝手にある屋敷の庭園の奥、森のようになっている場所に入り込んでいた。

草の上に腰を下ろし、何となく空を見上げて後悔する。

その日の空は、最悪だった。

一色の絵の具で塗りつぶしたような、ひどくのっぺりとした青い空。それがまるで「決められた色に塗りつぶされる事こそが正しいのだ」と説教をしてきているように見えて、うんざりとする。

それはまさしく、俺が「魔法師団に入りたい」と言った時にたった一言「ダメだ」と断じた父上や、やんわりと貴族の常識を押し付けてくる周りの人々と同じ言い分だった。

「皆して『貴方はとても恵まれている』『君の未来は安泰ですね』『お前のために言っている』……助言にかこつけて勝手な事ばかり」

こんな事、誰もいないここでなければ、絶対に口にはできない。

あくまでも、向こうは「俺のために言っている」つもりなのである。善意に反抗を返せば、たちまち反感を買う。それが貴族の世の常だ。

だから今言う。両手両足を草の上に投げ出し、無防備な仰向け大の字になって。

もうすぐ成人する人間が見せるにはあまりにもな姿だが、幸い誰も見ていない。貴族に相応しい立ち居振る舞いとか、すべてが今はどうでもいい。

風が木の葉をサワサワと撫でていく。遠くの方で聞こえる喧騒は、おそらくお茶会のものだろう。

楽しそうなその音が、俺にはひどく耳障りに聞こえて――。

「きゃっ」

すぐ近くで、小さな悲鳴が聞こえた気がした。

こんな奥までくる物好きがいるとは思えないし、きっと空耳だろう。が、チェザーリオ伯爵家の長男たるもの、こんなだらしない姿を誰かに見られるわけにはいかない。体に染み付いたその教えが、俺の体を起き上がらせた。

真面目に耳を澄(す)ませてみると、後ろから人の気配がした。そちらに足を向けてみると、木を二、三本隔(へだ)てた先に赤いドレス姿の少女を見つける。

彼女は尻(しり)もちをついていた。

歳はまだ十歳くらいだろうか。見た事のない子だ。おそらくまだ社交界デビューをしたばかりなのだろう。

しかしそんな子が、何故こんな所でへたり込んでいるのか。

その謎はすぐに解けた。

彼女の顔が強張(こわば)っている事に気付き探索(サーチ)の魔法を使うと――いた。草の陰に一匹(いっぴき)の反応。見つけたのは小さな蛇(へび)である。

魔物ではないし、これはあくまでも本の知識だが、たしかこの種類には毒もなかった筈。噛(か)まれてもちょっと痛いだけで、大した事にはならない。

しかしこの手の生物は、大抵(たいてい)の令嬢(れいじょう)が不得意だ。こんな小さな子なら尚更(なおさら)「放っておけ」と言い捨てるのも、少し気が引けてしまう。

目に見えて安全だと分かれば、とりあえずこの子も安心するか。そう思い、ため息交じりに頭の中で一つ魔法を見繕(みつくろ)った。

「『創造・檻(クリエイト・ケージ)』」

目標物に向かって手をかざしながら唱えれば、すぐさま土を媒介(ばいかい)にした小さな檻が組み上がる。

もちろん中には、件の蛇が。これでもうとりあえず、蛇に接近される心配はない。この子も幾(いく)らか安心しただろう。

すべき事は成した。これで後ろ髪(うしろがみ)を引かれる事なく、一人の時間に戻る事ができる。そんな気持ちで蛇入りの檻を手に、俺は踵を返す。

「あの、あ、ありがとう」

尻餅(しりもち)をついていた令嬢が、立ち上がりながら言ってきたようだった。

別にお礼を言われるほどの事ではない。よくよく考えれば頭の片隅(かたすみ)で「ここで大騒(おおさわ)ぎをされて俺のサボりがバレると困る」とか、「後々『気付いていたのに助けなかった』と分かったら面倒(めんどう)そうだ」などという、打算的な考えもあったのだ。何も純粋(じゅんすい)な気持ちで彼女を助けた訳ではない。

しかし話しかけられてしまったら、マナーとして言葉を返さない訳にもいかない。

「気にする必要なありませんよ」

素っ気なくそう言い置いて、すぐに来た道を戻る。

早く一人になりたかった。

抱えた檻の中の蛇の処遇を何となく考えながら、元の場所へと戻る。

しかし腰を下ろそうとしたところで、直前にまた「あの」という女の子の声がした。

ついてきたのか、てっきり戻ったと思っていたのに。鬱陶しく感じていると、妙な事を尋ねられた。

「その蛇、どうするの……？」

「は？」

何故蛇の行く末なんて気にするのか。思わぬことを尋ねられ、そんな疑問が持ち上がる。

しかしすぐに思い至った。あぁきっと「驚かせた罰に殺せ」とでも言いたいのだろう。

別に悪さをした訳でもない、ただそこにいただけの蛇に対しかなり理不尽な要求だが、こういう令嬢は結構よくいる。今までそれとなく避けてきた人種だったけど、やはりこうして真っ向から対峙すると、気分が悪――。

「私が勝手に驚いてしまっただけなの。その蛇は、何も悪い事はしてないよ……？」

俺は思わず振り返った。

きちんと見れば、幼いながらに稀に見る眼光の持ち主だった。端的に言えば、目つきが悪い。今着ているドレスの赤色が、悪い意味でよく似合っている。

しかし外見を裏切るように、彼女の声色と言葉は優しい。表情だってよく見れば、蛇の処遇を心配しているようにも見える。

あぁこの子、この先きっと苦労するだろうな。内心でそう、独り言ちた。

中身が見た目に伴っていれば外見を武器にもできただろうが、おそらくそれは無理だろう。彼女の心根の優しさが、言葉から透けて見えているのだから。

「心配しなくても虐めません」

元々殺すのも気が引けるし、帰る途中にどこかで馬車を止め、放そうかと思っていたところだ。

端的にその旨を告げると、彼女の口元があからさまに緩む。どうやら安心したらしい。

さて、これでもう気は済んだだろう。今度こそ一人の時間を取り戻すべく、彼女を意識の外に置いて、先程潜んでいた所に座り直した。

あとは彼女がいなくなったところでまた大の字に寝ころべば、すべては元通りである。

ケージの中では閉じ込められた蛇が、落ち着かない様子で動いている。

自分でやっておいてなんだけど、普通に生きていただけなのに突然こんなせまっ苦しいところに入れられて、この蛇もさぞ息がつまる思いだろう。

他人の都合に振り回されて、自分の身の振り方ひとつ選べない。まるで今の自分を俯瞰しているかのようで、何だかちょっと物悲しくなる。

　そう思った時だった。隣でサクリと音がしたのは。

「はぁ……何ですか、君は。邪魔しないでください」

「邪魔？」

「俺は、一人になりたくてここにいるんです。あちらにまっすぐ歩いて行けば、いずれお茶会の会場に出ますから、こんな所に座っていないで早く戻ったらどうですか」

　隣にちょこんと座ってきた少女に、俺はやんわりと退場を求める。しかし彼女は意外と頑固（がんこ）なのか、ブンブンと首を横に振った。

「行かない」

「何故」

「あっちに行っても一人だもん。皆（みんな）私の顔が怖（こわ）いって、どうせ怖い事いつもしてるって、仲間に入れてくれないんだもん……」

　彼女があからさまにシュンとした。人相だけを見ると誤解されそうだが、パーツごとの変化を見るとやはり表情は雄弁（ゆうべん）だ。

　しかし、それにしても気まずい。先程（さきほど）危惧（きぐ）した「苦労するだろう」という予想は既に現在進行形のようだし、年下の女の子にこんな顔をさせるのは、虐めているようで忍（しの）びない。

どうやら俺は残念ながら、こんな彼女を無理やりこの場から追い出せるような鬼にはなれないらしい。

「でもここなら、お兄さんがお話してくれる」

「話しませんよ。言ったでしょう、俺は一人になりたいんです」

結局折衷案として、自分の中で「追い出しはしないが相手もしない。居たいなら勝手に居ればいい」というスタンスを取る事に決めた。

だからこれでも、結構突き放した物言いをしたつもりだったのだが、彼女は「え？　今してくれてるよ？」と、キョトン顔で言ってくる。

こんな素っ気ないやりとりを『お話』と呼ぶなんて、この子はどれだけ普段から話し相手に飢えているのか。

「蛇を怪我させずに捕まえられるなんて、お兄さんの魔法ってとってもすごいね」

なんか勝手に話し始めたけど、答えない。

さっきちゃんと彼女には「一人になりたいから邪魔するな」と断ったのだ。それでも話しかけてくるのだから、もう少し邪険にしてもいい筈である。

「魔法はどこでお勉強したの？　学園？　学園は魔法を教えてくれるって、シルヴェストが前に言ってたよ」

俺の無言にもお構いなしに、彼女は一人で喋っている。

「私はね、強い魔法より綺麗な魔法とか優しい魔法の方が好き。シルヴェストはいつも『アディーテの魔法なら何でも好きだよ』って言うんだけど」

言いながら、彼女はくすぐったそうに笑う。

よく分からないが、この子が『シルヴェスト』を大好きな事は分かった。友達の名前なのだろうか。っていうか友達がいるなら、早くそっちに行けばいいのに。

「お兄さんは、将来魔法のお仕事に就くの？」

思わず目を大きく見開いた。

何故そう思ったのか。あまりにもタイムリーな話題だっただけに、俺は答えが気になった。だけど相手は、所詮は子どもだ。

「魔法、とても上手だったもの。あれはきっと一番よ」

あぁこの子、貴族のしがらみを知らないだけだ。きっと魔法がうまい者は全員例外なく、魔法関係の仕事に就けると思っているのだろう。

「好きだから、できるからって理由だけでなりたいものになれる訳ではないのですよ」

口から漏れ出た独白は、我ながら思いの外低かった。

こんな小さな子に話しても分からないだろうと思う反面、だからこそ話す気になったのかもしれないとも、心のどこかでふと思う。

「師団に入れば危険もある、そんな事は分かっています。跡取りがなる職じゃない。たとえ好きで跡取りになった訳ではなかったとしても、俺の気持ちなんて二の次で、皆俺に反対するのです」

　魔法が好きで、力もあって、実際に師団からも声が掛かっている。

だけど俺は伯爵家の長男だ。将来は家を継ぐ者として、これまで教育されてきた。

そういう生き方を、皆が当たり前のように期待している。脇道に逸れたがっている俺を、誰も許してはくれない。

　誰も、俺がこんな鬱屈とした思いを一生抱えて生きていく事には頓着なんてしていない。生まれた時からできていた道に、沿って歩いていく選択肢しかくれない。すべてはそんな場所に生まれたばかりに——と、またいつものように出口のない思考の迷路をグルグルとし始める。

　その時だ。

「他の人がダメって言うから、やらないの？　自分の事なのに、自分で決めない方を選ぶの？」

　さも何気なさげなその一言が、出口のなかった俺の苦悩に、いとも簡単に風穴を開けた。

「周りにダメって言われても、シルヴェストはいつもやりたい時には勝手にやるよ？　『誰が何を言おうと自分は自分』だから、好きな方を選ぶんだってさ。怒られても、後悔してないからいいんだって。……私はちょっと困るけど」

何もない空間に目をやりながら困り顔をしている彼女の横で、俺は冷たくて重かった心の中に、ジワジワと血が通うような感覚を得る。

俺は今まで反対する周りのせいで、自分の将来を選べないのだと思っていた。

でももし自分で決めない方を選んでいたのだとしたら、本当は俺にもまだ選択肢は残されている……？

一人の少女によって見出された希望に、ゆっくりと目を伏せ、小さく笑う。

「そうですね。誰が何を言っても、俺は俺にしかなれない。なら俺は、きちんと俺になるためにもう少し努力をしてもいいのかもしれません」

思えば俺はこれまでずっと「年長者の言う事は聞かねばならない」「成人間際の男として、立場相応の選択をしなければならない」と思ってきたような気がする。

でもそれはただの言い訳で、もしかしたら誰からも背中を押してもらえず一人で立たなければならないような生き方を、怖がっていただけなのかもしれない。

帰り道、馬車から降りて捕まえた蛇を野生に帰しながら、俺は静かにそう思ったのだった。

それから俺はすぐに父親に強く直談判をし、『一度きりのチャンス』『落ちたら黙って家督を継ぐ』という条件の下、師団の入団試験を受けるに至った。

結果は見事、一発合格。家督は弟に譲り、師団に入って今がある。

社交界から身を引いて魔法に傾倒していた俺が彼女との再会のきっかけを得たのは、学園から届いた師団入り候補者リストの中に『アディーテ』の名を見つけた時だ。

聞き覚えのある名前に「もしかして」と思い、密かに学園に見に行って、相変わらずの苦労しそうな人相で、すぐに彼女だと確信した。

やがて彼女が周りからよくない噂を立てられている事を知ったけど、だからどうしたという話だ。

実際に、先日謁見の間で改めて彼女の顔を見て、相変わらず雄弁で悪の『あ』の字も見えない表情に「勘繰るまでもなく、噂は信用に値しない」と結論付けた。

その時の俺の目に狂いがなかった事は、今正に彼女自身が証明している。

初めて会った日に彼女が言っていた『シルヴェスト』が、何代も前の聖女の伝承に出てくる精霊の名前だと気がついたのは、その後の話。彼女が隠しているものの正体を疑い始めた頃である。

彼女が聖女である事は複合的な理由で確信に変わり、同時に「どうやら彼女が公表を望んでいないらしい」という事も察した。

俺に転機を与えてくれた彼女に、今度は俺が力を貸したいと思った。

そのためには、彼女を手元に置いておいた方がいい。陛下に許可をいただいて、彼女を師団に引き入れよう。そう思い、俺は動いた。

幸いにも彼女には、聖女候補にさえ名が上がらなければこちらから声をかけられるくらいの、魔法的な実力が備わっていた。彼女はスムーズに師団に迎え入れられ、着実に馴染んでいってくれた。

当時は話し相手にさえ飢えていた様子の彼女が、今や団員たちのまん中で笑顔になっている。そう思うと、何だか少し感慨深い。

彼女と秘密を共有し共犯になった今、概ねすべてが想定通りに動いてもいる。何も問題はない。

しかし、ただ一つだけ。

当初彼女を師団に引き入れるため、共犯関係を結ぶために度々使っていた『彼女の心を読み、先回りして手玉に取る』手法そのものに、最近少し楽しみを見出してしまっている自分がいる。

それだけが俺の誤算である。

殿下の護衛の合間時間に周りの会話を気にしつつ城内を歩けば、アディーテ・ソルランツと聖女の真実は、意外と簡単に知る事ができた。
端的に言えば、あの夜の俺の直感は、どうやら正しかったらしい。
「ねぇ聞いた？　聖女様、またお菓子にいちゃもん付けたって」
「あーたしか、『チョコチップクッキーは甘くないとダメじゃない！』だったっけ？　でもこの前は『チョコチップクッキーは甘さ控えめの方が美味しい！』って駄々をこねてたでしょ？」

「そうなのよ。なのに殿下も『ララーが言うんだからその通りにしないか！　まったく気の利かない！』って、聖女様の肩を持っちゃってさ。お陰で今厨房は、かなり頭を抱えてるって」

「えぇー、何それ。すっごく理不尽」

聞こえてくるメイドたちの会話から、実際に目に余る行動をしているのは聖女・ララーの方らしいという事を知った。

その他にも、お茶がどうとか服がどうとか。部屋のカーテンの色にまで注文を付けた事があるらしく、その時は殿下からの「替えろ」という鶴の一声で、急な仕事が増えたのだとか。

対してアディーテ・ソルランツの方は、「顔が怖い」とか「きっとまた何か企んでいるに違いない」などという憶測ばかりで、聖女のような具体的な話は聞こえてこない。

聖女とアディーテ・ソルランツが廊下でよく鉢合わせる件についても、真相はもう何というか……聖女のしょうもなさが浮き彫りになるものだった。

実は、聖女がわざわざあの女を廊下で捕まえてちょっかいをかけている現場を、一度実際にこの目で見た。

しかも仁王立ちで嘲笑交じりに「私の地位と名声を貶めた罪人が、よくものうのうと日の当たる場所を歩けるわね」とか「目障りだから、消えてくれないかしら」などと言っている現場だ。

あれを聞いた時には「これでよく被害者面などできたものだ」と、思わず感心すらしてしまった。

本当にこんなのが聖女なのか。だとしたら、神は一体何を見てこの女を選んだのか。今の俺にはもう疑問しかない。

「よし、そろそろララーの所に行くか」

机上にはまだたくさんの未処理書類が残っているにも拘わらず、殿下がそんな事を言う。最近殿下は、聖女にかまけて自らの仕事を疎かにしている。中でも書類仕事はその傾向が顕著で、彼がサボればサボる分だけ被害を被る文官たちは、当然のごとく困っている。

「……殿下、たしかに聖女様はもうじき修行のために教会預かりになると聞いています。出発前の今のうちに、できるだけ多くの時間を共に過ごしたいという気持ちも、たしかによく分かるのですが」

文官としては、目に余る彼の言動に釘を刺すつもりだったのだろう。しかしこれに返ってきたのは、あまりに予想外な答えだった。

「あぁそれなら、ララーが嫌がったから止めさせた。神官長には二日に一度、修行をつけにこいと言ってある」

あまりの事に、一瞬思考が停止した。

まさか、そんな我が儘で集中的に修行をする話をなくしたのか？　それに頻度も二日に一回、しかも半日だけ……いや、睡眠や朝食の時間を除けば、実際修行に使える時間はごくわずかになるだろうに。

教会にいれば朝から晩まで一日中できていた筈だと考えれば、あまりに時間のロスがすぎる。国のために使う力の修行の筈だというのに、やる気があるとは到底思えない。

聖女が『力ある者として、世界やそこに住まう人々のために身命を賭す心づもりだ』と言っていたという話は、もしかして嘘だったのだろうか。その精神にひどく共感していただけに、生まれた失望もとても大きい。

そう思った時である。

窓を開けてもいないのに、どこからともなく吹き込んだ風が、殿下の上着を大きく煽った。近くにあったインク壺に裾が引っかかり、カタンと音を立ててひっくり返る。

「あっ、くそっ！」

上等な生地にじんわりと広がっていくインクの黒に、殿下が悪態をついた。

フラストレーションが限界まで溜まったのだろう。彼はテーブルの上の書類たちを怒りに任せて薙ぎ払い、紙をバサァッと辺りに散らす。

「えぇい、もういい！　今日は終わりだ！　着替えてララーの所へ向かう!!」

そこにあったのは、王太子という立場を持ちながら己の義務を果たさない人間の姿だった。

殿下も聖女と同じなのか。失望を超えて、幻滅する。

と、おそらくそれが、顔に出てしまっていたのだろう。

「おい貴様！　魔法師団にこれを持っていけ！」

机上に残っていた紙のうち、一枚だけ引っ掴み、殿下がこちらに突き出してきた。

すぐにでも聖女の所に行こうとしているこの状況で、俺を書類の配達係にするという事は、「お前は聖女の所についてくるな」という彼の意思表示なのだろうか。

「でも俺は――」

「騎士など一人いればいい！　とっとと行け！」

己の職分を主張しようとしたが、殿下はまったくこちらの言い分を聞こうともしない。

殿下から不当に仕事を取り上げられて、腹が立たない筈がない。が、彼はこの国の王太子であり、一応主人にあたる人だ。

今これ以上機嫌を損ねると、今後ずっと騎士としての仕事をさせてもらえない可能性もある。

「……分かりました」

不服ながらに書類を受け取り、俺は足早で執務室を出た。

同僚騎士から同情じみた目を向けられたが、一度俺の頭を冷やすためにも、きっとこれでよかったのだ。そう自分に言い聞かせた。


書類を手に目指したのは、魔法師団の駐屯棟だった。

行きがけに訓練場の前を通ると、やはり今日も訓練の声がする。

「アディーテ、トドメは任せたわ！」

「はい！」

女口調の太い声に、ちょうど鈴の音のような声が応えた。

集団戦の練習なのだろう。声の発生源たちは今、ゴーレムと対峙している。

アディーテ・ソルランツの他に三人、いつも通り四人でフォーメーションを組んでいるようだが、いつもと違う所もあった。

あの女が、四人編成のフォーメーションの先頭にいる。

敵は、すでに瓦礫になっているのが数体、まだ戦闘可能なのが六体。それらの敵の最も近い所に、あの女が立っていた。

前衛は、その分危険度も跳ねあがる。特に魔法師は中・遠距離を得意とするのが大半だ。そもそも前衛の難易度も高い。

そんな場所に、特に体を鍛えてもいない華奢な――今までは後ろで実質固定砲台役だった女がいるなんて、一体何を血迷ったのか。そんなふうに思っていると、あの女が朗々と詠唱を始める。

「風よ、集え。延長線上のすべてを駆逐し疾く均せ」

前につき出した両手の先で、魔法に関しては素人な俺でも分かるくらい顕著に魔力が膨れ上がった。

「暴風刃！」

打ち出された魔法は、見えない刃になったらしかった。

残っていたすべてのゴーレムが、小気味いい風切り音と共にスパスパと輪切りになり、気がつけば彼女の目の前にはちょっとした瓦礫の山ができていた。

なるほど、道理で前に誰も配置しない訳だ。

もしアレに人が巻き込(こ)まれたら。師団には治癒(ちゆ)部がある事を勘定(かんじょう)に入れても、歓迎(かんげい)される事ではないだろう。

「アディーテ、いぇーい！」

「い、いぇーい？」

フードを被った小柄(こがら)な女にハイタッチを求められ、アディーテ・ソルランツが見よう見まねで応じた。

相変わらず、師団は空気がすこぶる緩(ゆる)い。規律を重んじる騎士団(きしだん)とは違い、まだ仲良しゴッコをしている。やはり到底師団の連中とは、仲良くできるとは思えない。

が、日々己を鍛え上げ、できることを増やしていく様には、力を持つ者の義務を果たそうとする姿勢が感じられる。その点は認めるべきだろう。殿下や聖女とは大違(おおちが)いだ。

そういえばあの女、先日殿下に突っかかっていたが、同じ道を進む者が不当に貶められた時に真っすぐ権力者に立ち向かった姿勢も、まぁ、悪くはなかった。

そんな事を考えていると、眺(なが)めていた景色の中に、いけ好かないヤツが一人加わる。

「いい連携でしたよ」

「セリオズ様」

あの嫌味なくらい綺麗な顔だちを、少し遠いからといって見間違えられる筈がない。

セリオズ・チェザーリオ。今代の魔法師団長であり、俺が誰よりも相容れない存在だ。

「あらやだ師団長、また盗み見てたの？　好きねぇ」

「人聞きの悪い言い方をしないでください、シード」

「でも本当の事じゃないの。特にアディーテの事となると、気が付いたらいつも見てるんだから」

　部下にあんな軽口を叩く事を許している光景に、若干苛立ちを覚えていると、ふとあの女と目が合った。

　少し遅れて、あの女の視線を追ったチェザーリオも俺に気がつく。あからさまに迷惑そうな顔になったのが、腹が立つ。

「何故君がここに？」

「俺だって、好きでこんな場所に来たわけではない」

　ここで会ったなら、わざわざ駐屯棟に行くまでもない。とっとと用事を済ませてしまおうと、にこやかに毒を吐いたチェザーリオの胸に、持ってきた紙を押し付けた。

「届けたからな」

「……これ、殿下から降りてくる筈の書類ではないですか。騎士団経由ですらないというのに、本当に何故君が？」

本気の怪訝さがまた癇に障る。

俺だって、こんな子どものお使いに使われたくはなかったのだ。これ以上深く腹を探るなよ。

「もしかして、殿下の機嫌でも損ねましたか」

「……違う」

「なるほど、可哀想に。それで護衛役も取り上げられたと」

「違う！」

違うと言っているというのに、何故こいつはまるで勝ったとでも言わんばかりの顔をするのか。こういう「何でも知ってます」と言わんばかりなところが、俺はどうしようもなく大嫌いだ。

「……何だ、アディーテ・ソルランツ」

あの女が、何だか妙に嬉しそうな顔でこちらを見てきていた。眉間にしわを寄せながら聞くと、最悪な言葉が繰り出された。

「いえ、お二人は仲がいいのだなと思いまして」

「仲良くない！」

「仲良くはありませんよ？」

間髪入れずに言葉を返せば、最悪な事に声がチェザーリオと綺麗に被った。

続けて「その目を一度付け替えてこい」と悪態をついてやりたかったが、万が一にもまた声が被って「ほらやっぱり」という顔をされては堪らない。結局口を噤む事を選ぶ。

が、あいつも同じ選択をしたせいで、苦い顔の男二人がアディーテ・ソルランツの前に居並ぶ結果になり、結局温かい目を向けられる羽目になったのだから、もう不服しかない。

閑話

ララー・ノースの密かなる計画

煌びやかな貴賓室で一人、私は深いため息を吐いた。
淹れたての紅茶に、美味しいお菓子。ふかふかのベッドに高そうな調度品。たくさんの贅沢に囲まれているというのにこうも苛立ちが沸き上がってくるのは、私の一番欲しいものがまだ、手に入っていないからだろう。

誰よりも一番目立ちたい。
それが私の願望だ。

多産な子爵家の末っ子に生まれた私は、いつも兄姉の中に埋もれていた。大した特技がある訳でもない。目立ったり、褒められたりする要素も持っていない。それが私のコンプレックスで、だからこそ自分に他より秀でた魔力量があると分かった時は、踊り出したくなるほど嬉しかった。

学園に行けば、魔法の授業があるらしい。「こんなにたくさんの魔力を持って生まれたなんて、ララーは我が家の誇りだ」と褒めそやした両親にそう教えられ、私は未来に夢を見た。

きっと、一躍学園の有名人になれる。チヤホヤされて、称賛されて……そう思ったのだ。

それなのに、ふたを開ければどうだろう。

私なんてまるで目立たなかった。他より頭一つ秀でた力で、あの女が注目を掻っ攫った。

アディーテ・ソルランツ。私が喉から手が出るほど欲しい『他人からの注目』を、さも当然であるかのように享受している腹の立つ女。

あの時からずっと、私はアディーテ・ソルランツが大嫌いだ。

あの女に、魔法では勝てない。すぐにそう悟った私は、生まれ持っていたもう一つの武器を使う事にした。

白い肌に、大きなアクアマリンの瞳。ほんのりと色づく頬と唇。

似たような顔を持つ兄弟に囲まれていたから入学前までは気付かなかったけど、私の顔ならあの女の凶悪なまでの企み顔に、勝てない要素は一つもない。

案の定、私の庇護欲をそそる容姿は、特に男性相手の人脈作りに役立った。

中でも殿下は大物だ。偶然を装って近づいて、うまく取り入り仲良くなった。

お陰で今や、そこに存在するだけで、周りから認知されるに余りある地位を手に入れた。公爵令嬢でさえ手に入れられなかった、聖女という極上の肩書である。

これでやっと一番になれる。たくさんの視線のシャワーを浴びて、誰からも愛される自分に。そう想像するだけで、最上の優越感と甘美に浸れた。


しかし、誰もが私を褒めそやし羨望の目を向ける日々は、未だ私の手中にはない。

二日に一度は半日もの間、神官長の修行とやらに潰される。たしかに実家よりは豪華な部屋と食事を与えられているけど、暇つぶしに城内の散策をしようにも、「危険だから」と止められる。

想定外にも、程がある。

何故すべてがうまくいかないのか。理由はもちろん分かっている。

「すべてはあの日あの女が、私のスカートにイタズラなんてするから！」

誰もいない室内で一人、私は歯を噛み締めた。

聖女という地位にありながら周りから優遇されないのは、お披露目の儀であんな騒動が起きたからに他ならない。

たしかに気が動転して、感情が高ぶるままに魔力を暴走させたのは、あまり褒められた事ではない。

でも仕方がないじゃないの。元々魔力が多いせいで、魔力制御が難しいんだもの。

平民ごときに肌を見られるだなんてあんな辱めを受ければ、きっと誰だって動揺する。手元だってちょっとは狂うだろう。

そう、だからすべては私の成功を妬んであんな事をした、あの女のせいなのだ。


でも、私は諦めない。

テーブルの上に視線をやれば、卓上カレンダーが置いてある。

赤いインクでグリグリと丸がつけられているのは、今日から八日後。その日は聖女が国の繁栄を精霊に願い出て、助力を誓約させるための儀式——国栄の儀が行われる。

「次こそ必ず、誰よりも目立ってみせるわ」

これは私に与えられたチャンスだ。

つつがなく、いや、それ以上の成果を以って、私の存在の尊さを知らしめる。万人の前で、誰が見ても分かる形で。

そうすれば誰もが私の存在を、無視する事などできなくなる。

第四章

精霊たちが怒りました。どうにかできるのは私だけです

国栄の儀を執り行うのは、お披露目の儀をしたのと同じ教会だ。荘厳な空気が流れる室内に、参列者は皆静かに整列してい――。

「……ふ、えっきしっ！」

大きなくしゃみが一つ響いた。目だけで辺りを確認すると、王族の列の一角でズッと鼻をすする殿下を見つける。

服に施された賑やかしい刺繍に、ゴッテゴテのアクセサリー。いつもより張り切っている殿下の服装が少し気にはなったけど、それよりも「もしかして風邪なのだろうか」という事の方が気になった。

そういえば昨日の夜は、少し肌寒かったかもしれない。そう思っていたところに、耳元でポンッという軽い音がした。

瞬間、案の定というべきか。視界が様変わりする。

視界一杯に広がる白い毛皮。黄金色の目が覗き込んできて、どこか自慢げな声がする。

《実は昨日、夜のうちに皆でアイツの布団をペロンと捲っておいたんだ》

（えぇ？）

《ついでにお腹もはだけさせて、そしたらブリザがたっぷりと冷気を浴びせてた気もする》

（じゃあもしかして、殿下はお腹から風邪を……？）

《日頃の行いが悪いとさ、大切な日に限って何か不運に見舞われたりするよね》

ハッキリと肯定こそしないものの、明らかに確信犯なイタズラの仕掛け方だ。

（……あんまりやりすぎちゃダメよ？）

一応窘めておいたけど、まったく悪びれた様子のないシルヴェストに何を言っても大して反省などしてくれないだろうし、そもそもこの程度のイタズラは今に始まったことでもない。効果はあまりないのだろうな、と私は小さく苦笑する。

申し訳程度に殿下に目をやると、その後ろに立つ笑いをこらえていたり、心配していたりと様々な面持ちをしている護衛騎士たちの中に一人、身じろぎ一つせず愚直に前を見据えている騎士を見つけた。

赤髪に、三白眼。最近何かと縁がある殿下の護衛騎士・ダンフィード卿だ。いつもの騎士服も十分彼に似合っているけど、式典仕様の豪華な騎士服は精悍な彼の顔つきをより凛々しく見せている。

半ば儀式が始まるまでの時間つぶしに何となくそんな事を考えていると、どこからか視線を感じた気がした。

探してみると、部屋の脇。この国の中枢を担う方たちの並びに立っている男性と目が合う。

水色の髪のその方は、私が気がついた事を知ってか、目元を少し緩ませた。

元々中性的な顔立ちの、見目麗しい人だ。特に大勢の方がいるこういう場で彼を見つけると、尚の事、セリオズ様の顔の造形美が際立つ。

しかしこちらを見て、どうしたのだろう。何か用事か。それともこちらに何か気になるものでもあるのか。

《ねぇねぇアディーテ。あの嬉しそうな顔さ、もしかして『アディーテと目が合って嬉しい』んじゃない？》

（えっ）

急に突拍子もない事を言われたせいで、心臓が思いきり跳ねた。

そんなまさか、あんな美丈夫がわざわざ企み顔なんかを見て、一体何が嬉しいのか。

そもそも目が合って嬉しいなんて、そんなのまるで何か私に特別な想いでも抱いているかのようじゃ……いや、ないない。誰でも選びたい放題の彼が、何で私なんて選ぶのか。

ないよ、ないない。ないないないないない……。

（もう、シルヴェスト！　どうしてくれるの?!）

意識しないようにと思えば思うほど意識してしまう、ドツボに嵌った。

すべては妙な意識をさせたシルヴェストのせいだ。勝手に頬に集まる熱の処理に困って半ば八つ当たり気味に抗議すると、彼はケタケタと笑う。

今、絶対シルヴェストに暇つぶしに遊ばれた！

ご機嫌で私の肩から飛び立った彼に「ひどい友人だ！」と内心で頬を膨らませていると、遠くのセリオズ様が口元を手で隠すような動作をした。

垣間見える口の端には、明らかな揶揄いの笑みが浮かんでいる。

……もしかして、こっちにも遊ばれた?!

もしここが公式な場でなかったなら、思わず「私はオモチャじゃありません！」と怒っていたところである。

いじけた気持ちで彼からプイッと顔をそむけると、後方の扉が開いた音がした。儀式が始まる。

貴族令嬢として生きていた私の理性と常識が、抱いていた私的な邪念を取り払う。

すべてを一度頭から追い出してお腹からフゥーッと息を吐き出せば、とりあえず気を取り直す事ができた。

静寂の中にカツンッ、カツンッと、床を鳴らす靴音だけが響き渡る。

先日と変わらぬ足取りの軽やかさを背中越しに感じていると、先程逃げたばかりのシルヴェストが、ノロノロと肩口に戻ってきた。

《うっわぁ……ひどい。最低だー……》

(どうかしたの?)

《どうしたもこうしたもないよ、アディーテ。あの偽聖女、絶対に何か勘違いしてる……。この儀式を自分が輝くためのステージか何かだと思ってる……》

へちょりと両耳を伏せた彼に、私は思わず目をパチクリとさせた。

彼がここまで言うなんて、一体どんな姿だというのか。少し興味をそそられたけど、今回も私は最前列だ。既に儀式が始まっている今、振り返って確認する訳にもいかない。

すべての状況を理解することはできないけど「儀式をする者がシルヴェストから忌避感を抱かれているのは、あまりよろしい現状ではない」という事くらいは私にも分かる。

今日行われる国栄の儀は『国の繁栄を願い、精霊の助力を得るための儀式』だ。今日の主役は精霊で、この場は言わば、精霊を接待すべき場所である。

だから私も今日ばかりは、精霊に敬意を払うべく精霊除けのバングルを外してきた。

なのに最も気に入られなければならない儀式をする当の本人が、気に入られるどころか精霊から忌避されてしまうなんて、何のための儀式なのか。本末転倒もいいところである。

（精霊の好み云々って、王城の書庫にも記録はないの？）

過去に聖女が何かを言い残していれば、そういう記録が残っていても何らおかしな事ではない。そう思って聞いてみたのだけど、首を傾げられてしまった。

《さぁどうだろう？　好みはそれぞれだから、中にはアレが好きだっていう奇特な精霊もいるのかもしれないし。でもさ、だからこその『ご挨拶』なんだよ。儀式の前に相手を知れていれば、相手の好みも分かるでしょ？》

（挨拶？）

《きたでしょ？　アディーテのところには》

そう言われて思い浮かぶのは「聖女の儀式見届け役をするために住処から出てきた」と言っていたシロクマ姿の精霊・ブリザの事である。

しかし先日の騒動の時もその後も、彼女から挨拶と呼べるような事をされた覚えはない。

《まぁあの子、ちょっとおっちょこちょいだからね。先日起こしたトラブルのせいで気が動転して、うっかりし忘れちゃってたよね》

おっちょこちょいという事は、やはりブリザの話をしている事に間違いはなさそうだ。

足音が、軽やかに横を通り過ぎた。

ララーさんが祭壇に上がり、やっと私にも姿が見える。

（なるほどこれは……）

《ね？　ひどいでしょ？》

申し訳ないけど、シルヴェストの言葉を否定できない。

着ている服は、白ベース。おそらく元は修道服なのだろうけど、最早ほぼ別物と言っていい。

ドレスのように締めた腰、スカート部分はボリューミーにし、ふんだんにフリルをつけている。節制が旨の修道服の体裁は、残念ながら保てていない。

その上デコルテ部分には豪華な宝石のネックレスが飾られ、耳には重そうな宝石がブランブラン。裾からチラリと見える靴にも、大きな石が付いている。

ひどいとまでは言わないけど、儀式の場にはそぐわない。その上。

（ねぇシルヴェスト。ティアラって、通常は王族の女性の頭にしかつける事が許されないものなのだけど、聖女は例外なのかしら）

《さぁ？　でもまぁ僕の知る限りじゃあ、あんなの付けて儀式をしてる聖女なんて見たことないよ。そもそも聖女があんなのを被る必要性がないよね。魔道具なら未だしもさ》

彼がわざわざ言い置いたのだから、魔道具の類ではないのだろう。

魔力制御のための物ならば前回の件の再発防止を図ったのかなとも思ったけど、ただの飾りという事ならば、やはりこの場にはそぐわない。

というか、つい先程殿下を見て「張り切った着飾り方をしているな」と思ったけれど、祭壇に立つ聖女と並べると、うまく釣り合っているかもしれない。

もしかして元々そのつもりで？　聖女の儀式に王族は参列するだけ。二人が並ぶ事はないのに⁉　そこまでして並んだ時の見栄えを重視したかったのだろうか。私にはその感性は、いまいちよく分からない。

《アディーテも「自分が主役だ」って主張してるみたいだと思うでしょ？　それってつまり「精霊は脇役だ」って言ってるも同然だよね。僕絶対、こんな奴に力とか貸したくない。まぁこいつは偽聖女だし、元々力を貸す義理なんて皆無だけどさ》

シルヴェストが鼻の上に皺を寄せながら言う。

たしかに彼の言う通りだ。お願いするならするなりの、頼み方というものがある。

特に精霊たちは、自分の心に素直に生きている。ある意味気分屋と言ってもいい。相手の一挙動で協力の有無を変えるくらいの事は、現実的に起こり得る。

その証拠に、ララーさんの頭上に浮いている水色の瞳の可愛らしいシロクマも、まるでゴミでも見るかのような目で今彼女を見下ろしている。少なくとも協力したいと思っている精霊の目ではない。

《ニセモノ相手の儀式なんていう貧乏くじを引かされた上に、この状況だもん。きっとブリザじゃなくてもああいう顔になっちゃうよ》

シルヴェストもひどく同情的だ。彼がここまで他の精霊に共感するのも珍しい。それだけ精霊たちにとって、この状況が不快だという事なのだろう。

チラリとこちらを見てきたシロクマが、目で私に《この女、氷漬けにしちゃっていいかなぁ？》と訴えてきている。

周りにバレないようにゆっくり首を横に振れば、一瞬残念そうな顔になった後、仕方がなさげにララーさんの脳天に、再び感情の乏しい視線を落とした。

が、精霊たちの忍耐が必要だったのは、どうやらここからだったらしい。

「皆さんっ！」

突然ララーさんが参列者たちに、演説よろしく呼びかけた。

たしか儀式中に聖女が喋るところはなかった筈だけど。そんなふうに思いながら肩にチラリと目をやると、眉間に深い皺を刻んだ白ウサギの姿を見つけてしまった。

ブリザの機嫌も目に見えて悪化しているし、儀式の進行役である筈の神官長様もギョッとしている。完全にララーさんのアドリブと見える。

しかし突然こんな時間を作って、一体何を話すつもりなのだろう。そんな私の素朴な疑問は、次の彼女の言及ですべて吹き飛んでしまった。

「どうか安心してください！　私が聖女になったからにはもう心配いりません。既に精霊たちと交渉し、力を借りる言質は取りました！　これですべてうまくいくでしょう！」

ララーさんが高らかにそう口走ると、参列者たちが「おぉ」とどよめく。

「やはり聖女様が精霊と意思疎通できるというのは本当だったのか」

「先日の儀式ではどうなる事かと思ったが」

「精霊様が『私たちの味方をする』と明言された！　ならばこの国も安泰だろう！　いや、更なる発展が見込めるに違いない！」

口々にそんな言葉が囁かれる。

しかし今はヒトの盛り上がりなど、どうでもいい。

《ねぇアディーテ。この偽聖女、八つ裂きにしてきてもいい？》

問題はこの、彼女の言葉が間違いなく勘に障ったであろうウサギである。

（ダメよシルヴェスト、こんな所でやったら綺麗な教会が汚れちゃうわ）

《だって僕たち絶対に、こいつとそんな約束してないよ！　ふざけんな！》

精霊たちは自由を好む。してもいない約束を語られれば、腹を立てるのも道理だろう。

しかし今は、どうにかして堪えてほしい。

(分かっているけど、お願いよシルヴェスト)

《……今回だけだよ?》

口を尖らせながらもどうにか引き下がってくれた彼に、私はホッと胸を撫でおろした。

ブリザもこのやり取りを聞いていたのか、感情を大きく逆立てながらも実力行使には至らない。

しかし残念な事に、まだこの話には続きがあったのだ。

「すでに数百万もの精霊を使役しています！　私のこの力があれば、国を守る事など造作もありません！」

その断言に、再び教会内は沸く。

頼もしい彼女の言葉に、誰もがきっと時には飢饉を救い、時には戦争に勝利して凱旋した過去の聖女たちの実績を頭に思い描いただろう。

しかし、もちろん私は喜べない。

《使役、だって……?》

その言葉は間違いなく、自由である事に誇りを持つ彼らを更に刺激するものだ。

他者への従属はしない。聖女相手でさえ己の意志で協力の如何を決める彼らに、この言葉は冒涜でしかないだろう。

《ねぇアディーテ、この不届き偽聖女、木っ端みじんにならしてもいいでしょ？　肉片の一つも残らないように切り刻めば、教会は汚れない》

シルヴェストの目が座っている。

これは本気だ。そして実際に、彼の力を以ってすればそのくらいは簡単にできてしまう。

（ダ、ダメよ、シルヴェスト。肉片を微塵にしたところで血液は残ってしまうじゃない）

私は慌てて取り成しにかかるも、さっきの今だ。簡単に折れてはくれない。

《じゃあ血液も風で吹っ飛ばすよ》

（それでもダメよ。今この部屋は締め切りだから、飛ばす先がないでしょう？）

《……まぁ、たしかに》

口を「むーん」と引き結びながらも、彼は一理あると思ってくれたのだろう。何とか引き下がってくれた――。

「私ほど、この国に平和を齎せる者もいません。もしアディーテさんなんかが聖女になっていたらと思うと……今でもゾッとしてしまいます。彼女は特に精霊たちに嫌われていました。王族の方々や神官長様が私を選んだのは英断でした！」

彼女からすれば、単に王族の方々や神官長様に敬意を示しただけ、あるいは場を盛り上げるためのアクションだったのではないかと思う。

しかしどうやらこれまでの度重なる失礼な言動の数々が、ここでついに精霊たちの堪忍袋の尾を引き千切ってしまったらしい。

瞬間、ブワッと全身に鳥肌が立った。

あちらこちらで精霊たちの、怒りの思念が噴き出している。本能が「マズい」と告げている。

(ダメよみんな!!)

叫ぶようにそう思うけど、誰の心にも届いた手ごたえがない。

急激に高ぶった感情が、彼らの理性を失わせている。暴走した感情のままに、力が振るわれようとしている。

怒りの矛先は祭壇、ララーさんだ。加減も自重もまったくない、イタズラなんかには到底止められないほどの力が、より力が強い者のところ——友人である白うさぎの元へと集い、形になりかけている。

(ダメよ、シルヴェスト!!)

反射的に彼を捕まえて、胸にギュッと抱きしめた。

腕の中でシルヴェストが、一瞬でハッと我に返る。

彼を中心にして膨れ上がっていた力が、波のように引いていく。

どうにか難を逃れる事ができた。そう、胸を撫でおろした。けど。


私は慌てて顔を上げた。

まだ力は、消えていない。


新たな力の収束地点を探し、祭壇の上にそれを見つけた。

ララーさんの頭上だ。そこにはもう一匹の上級精霊の姿がある。

シロクマの名前を呼んだが、やはり声は届かない。

（ブリザッ!!）

シルヴェストと同じく、怒りと大きな力の奔流に意識を呑み込まれているのだろう。

でも、シルヴェストにしたように、彼女を抱きしめる事は叶わない。距離が足りない。

手が届かない。

その事実に歯噛みしている間に、ついに力は彼女の特性を得て、今度こそ場に干渉した。

最初に訪れたのは、ほんの少しの肌寒さ。しかしすぐに吐いた息は白くなり、教会内に冬が訪れる。

気がつけば、体が動いていた。

儀式中だとか貴族としての振る舞いがどうとか、そんな事はすべてかなぐり捨てた。参列者席から躍り出て、両手を前に突き出した。

「巡れ、巡れ、熱よ巡れ」

ブリザが冬を呼んでいる。しかし幸い、まだ完全に力は発動していない。まだやれることはあるかもしれない。

詠唱するのは、火属性の上級魔法だ。

彼女の特性を考えれば、この冬の末にあるのは氷に閉ざされた世界。なら、対抗できる熱源を作る。すべてが凍ってしまわないように、すべての命が刈り取られる前に。咄嗟に思いつけたのは、それくらいだった。

辺りの温度が更に下がっていく。一刻の猶予さえもない。

しかしこれから発動するのは、発動も制御も難しい上級魔法。私の今の力量では、詠唱省略なんてできない。

(シルヴェストッ!!)

説明をする暇はなかった。それでも彼は私の内心を正しく汲んでくれたようだ。

私の声に応じるように、精霊の力が彼の中で再び膨れ上がっていく。今度は彼の明確な意志の元、きちんと制御されている力だ。

「回れ、回れ、熱よ回れ。我らが頭上に太陽を」

詠唱と共に体内から、ゴッソリと魔力が抜けていく。しかし後の事は考えない。考える暇さえもない。

「巡れ、熱よ。回れ、太陽」

すぐ隣に気配を感じた。

そちらを見る余裕はないけど、この声と魔力。――セリオズ様だ。

彼には精霊が見えていない。この異変の根源であるブリザの場所も、おそらく把握できていないだろう。

それでも異変を感じ取り、私の詠唱を聞いて意図を察してくれたのだと思う。省略詠唱ですぐさま私の詠唱速度に追いついてくれたところも含めて、とても心強い味方だ。

「天から照らすが如く、力を強く強く照り下し、広く広く伝播させよ」

「天から下し、広く伝播せん」

周りが異変にざわついている。特に殿下は私を見つけて、ララーさんに危害を加えようとしていると思ったのだろう。

「あの女を今すぐ捕らえよ!!」

騎士たちに命令の声が飛ぶ。しかし。

「ならぬ！　二人の邪魔をする事は絶対に許さぬ!!」

「なっ、しかし父上！」

「セリオズが魔法を行使している！　間違いなく今必要な事なのだ!!」

陛下の信頼が熱いセリオズ様の存在に感謝しながら、私は魔法を組み上げていく。

根こそぎ奪われる魔力に、息切れと不快感を覚えはじめた。

殿下の声で私たちの魔法行使に気付いたララーさんが、矛先が自分に向けられている事に気がついて、慌てて逃げようと身を翻す。しかし一歩目を踏み出したところで、彼女の足は止まってしまった。

逃がすまいとした頭上のブリザによって、ララーさんを凄まじい冷気が覆う。

ガキンッという鈍い音と共に、一瞬で彼女が氷の中に閉じ込められた。

氷漬けになった最愛の人を前に、殿下が「ララーッ?!」と悲鳴を上げる。しかし彼女は答えない。氷の中で驚いた表情のまま、一ミリだって動かない。

「助けろ！　早く!!」

緊迫した叫びに応じて、赤髪の騎士が躍り出た。

剣を抜き、氷に向って切りかかる。しかし振り抜いた一撃は、容易く氷に跳ね返された。
氷には一ミリの傷もついていない。手ごたえのなさにか、彼が顔を歪ませる。

と、やっと魔法の準備が整った。

「熱波!!」

私とセリオズ様の最終詠唱が綺麗に重なった。魔法は同時に発動され、まるで波紋が広がるかのように、ララーさんを中心にひろがっていく。

教会内を暖かさが駆け抜け、その外にまで範囲を広げた。

ブリザは、ララーさんを中心に冬を呼んだのだ。その範囲は教会内だけに止まらない。国内全土に伸びていると、私には感じ取れている。

だからなるべく遠くまで届け。そんな術者の思いは、魔法をありったけ広く展開させた。

しかしものには限度がある。私たちで賄うには、国はあまりに広大だ。

そんな私の心をまるで読みでもしたかのように、柔らかな突風が私たちの背中を押した。

隣のウサギに感謝して僅かに口角を上げたところで、ついに暖かさの中心でも変化が起きる。

私の――聖女の魔力の波動に、少なからず反応したのかもしれない。場を塗りつぶしていた氷の影響力が、ほんの少しだけ弱まった。

私の声が届くとしたら、おそらく今しかチャンスはない。

（ブリザーッ!!）

心の中でありったけ、彼女の名前を呼んだ。

急激な魔力枯渇のせいで、まるで酸欠でも起こしているかのように頭がボーッとし始めてきた。心も体もフラフラだ。それでも「届け」と強く祈る。と。

（ア、ディーテ……？）

彼女から返事が返ってきた。陰っていた瞳に光が差し、自我を取り戻した彼女の顔が、今度はサァーッと青ざめる。

教会内の大気異常が、急激に和らいでいく。

しかしまだ終わりではない。早く氷を壊さなければ、ララーさんの命が危ない。

魔力はもう底をつきかけている。それでもせめて、もう少し。

一滴、二滴、三滴と、なけなしの魔力を絞り出す。暖炉に木をくべるが如くそれは私の魔法を維持し、ララーさんを包む氷に影響を与え続ける。

そしてついに、努力が身を結んだ。

氷にピシリとひびが入ったのだ。その瞬間を、私は決して見逃さなかった。

「ダンフィード卿っ！」

一度目は敵わなかった氷に、赤髪の騎士が再び剣檄を浴びせた。

今度こそガシャァァンという音と共に氷が砕け、氷からララーさんが露出する。

殿下が彼女に慌てて駆け寄った。

――よかった、どうにかなったかな。

魔法行使を止めるまでもなく、魔力枯渇で魔法は消えた。

外への魔力供給はなくなったけど、体の怠さはなくならない。視界が滲むようにぼやけて、何だか足元がフワフワとする。

「ふぅ。とりあえずどうにかなりましたね」

何故だろう。すぐ隣にいる筈の、セリオズ様の声が遠い。

「お手柄でした、アディーテ。……アディーテ？」

ゆっくりと、視界が閉ざされていく。最後に見えたのは、血相を変えた一匹のウサギの顔だ。

《アディーテッ!!》

シルヴェストがそんなに焦るなんて、珍しい。

それが私が意識を手放す直前に、最後に思った事だった。

――光の中だ。

最初はそう認識したけれど、すぐにそうじゃないと気が付いた。

言うならば、ここは水底のような場所。本来はとても暗くて静かな筈の場所。にも拘らず今こんなにも明るいのは、私の周りをたくさんの光たちが囲んでいるからなのだろう。

《ごめんね、アディーテ》

《ごめんねぇ》

赤、青、黄色に緑。たくさんの小さな光たちが、ふるふる、ふるふると揺らめいている。

彼らは下級精霊だ。感覚的にそう理解する。

本来ならば私でも、彼らの声を聞く事はできない。しかしそれができる例外を、私は一つだけ知っていた。

寝ている時だけは、私でも彼らと話す事ができる。精霊が最も私の意識下に入ってきやすい状態なのだと、前にシルヴェストが言っていた。

だからきっと私は今、眠っている状態なのだろう。

騒動を起こしてごめんなさい。迷惑をかけてごめんなさい。そんな謝罪と「嫌われたら嫌だ、怖い」という精霊たちの不安が、心に直接刺さってくる。

そうだ、思い出した。さっきララーさんの儀式中に、精霊たちが暴走をして……。

(怒ってないよ、心配しないで)

優しく告げると、彼らは皆安堵に明滅する。

(ねぇ皆、一つだけ聞きたい事があるんだけど……)

《何?》

《何かな?》

《僕も知りたい!》

彼らは無邪気にそう応じてくれる。

頼られて嬉しいという感情が、ありありと私に向けられてくる。ただの光の玉なのに、愛嬌があってとても可愛い。

(何故あの時、あんなに怒ったのかなって)

何故、力の暴走が起きたのか。もちろん彼らが怒っていたのは私も肌で感じたけど、その引き金は何だったのか。

彼らを騙った物言いや彼らにとって不名誉な『使役』という言葉を受けても尚押さえる

事ができていた感情のタガが、何故外れてしまったのか。
今後のためにもその原因を、正しく知っておきたいと思ったのだ。
《何で？》
《何でだろう？》
《何でかな》
彼らから伝わってくる困惑は、本当に分からないというよりは、言語化が難しいという類のもののように思えた。
うーんうーんと言葉を探して、互いにワイワイと相談し始める。
《あの女、嘘つきだよね？》
《ワタシたち、あの子と何も約束してないもんね》
《使役だなんて、失礼よね？》
《僕たちみんな、自由だもんな》
ここまでは、私も想定内だ。彼らの感情も波立ちこそしていても、それ程大きな振れ幅ではない。
しかし次の瞬間、ワントーン下がった誰かの一声で、精霊たちの感情が大きくマイナスに振れた。

《……あの子、アディーテの事、貶したよね？》
《選ばれてないのに、何が「もしアディーテさんなんかが聖女になっていたらと思うと……今でもゾッとしてしまいます」なんだろうね》
《ニセモノのくせにどの口が、だよ》
《むしろ僕たちがゾッとしたー》
彼らが導き出しつつある答えの輪郭が、私にも段々と見えてきた。でももしこれが理由なら、嬉しくもある反面、少し厄介だ。
だってこれ、「その単語を使わなければいい」というレベルの話では多分ない。
《私たち、みんなアディーテの事、大好きだよね？》
《愛し子を嫌いな精霊なんて、いないよ》
《もしいるんなら、今すぐこの場に引きずってきてほしいくらいだ》
《アディーテを貶めるのは、ボクたちを貶めるのと同じだよ》
《八つ裂きにしてやりたかった！》
つまりあれは、彼らの少々過激な愛が引き起こした暴走、という事だったらしい。
まさしく危惧していた事態である。流石に愛が重すぎる。
しかし彼らに悪意はないのだ。元々は、ララーさんの精霊への振る舞いに原因がある。

あまり彼らに苦言を呈するのも、少し違うような気がする。

そもそも下級精霊たちは、言ったところで長期間は覚えていられない。言ってもあまり意味はないだろう。

（ありがとう、教えてくれて）

《どういたしまして》

《どういたしましてー》

《わーい、ありがとうって言われたぁー！》

お礼だけ彼らに告げておくと、これまでの不穏な雰囲気は消し飛び、また無邪気に喜んでくれた。うーん、やっぱり可愛いらしい。

思えば私は今まで一度も、精霊たちの事を「怖い」とか「嫌だ」と思った事はない。これまで何度も彼らのイタズラの被害を被ってきたにも拘わらず、だ。

今回だって、ヒヤッとしたし、しんどかったし、現に今はそのせいで倒れて夢の中にいるけど、それでも尚、彼らに負の感情を抱くのは難しい。

――精霊が本能的に聖女に惹かれるように、聖女もまた精霊を愛するようにできているのかもしれない。

つい今しがた彼らの愛を「重い」と思った自分があまり彼らの事を言えない事に気がつ

いて、私は一人苦笑する。

その時だ。外から誰かが私を呼んだ。

声が聞こえた訳ではないけど、たしかに私はそう感じた。

それが誰かも、すぐに分かった。私の大事な友人だ。

答えるように虚空を見上げた。すると浮遊感と共に、ゆっくりと意識が浮上する。

水底のような場所から、薄膜を越えて向こう側へ。ひしめいていた精霊たちの喧騒とは別れを告げて、水面近くへと引き上げられた。

白み始めた空のように明度を増した世界で待っていたのは、それでも尚明るいと思えるほど強い光を放っている球体だ。

（シルヴェスト）

《気分はどう？》

（うん、大丈夫）

不安げに震えた緑色に言葉を返すと、安堵の息を吐いた後、彼は少しいじけた声になる。

《アディーテはさ、やっぱりちょっとお人好し過ぎるよ。あれだけひどいことを言われておいて、あんなのを助けるためなんかに限界まで魔力を使うなんてさ》

（そう言わないでよ、シルヴェスト。だって嫌じゃない。精霊たちが誰かを手にかけるな

んて）
《アディーテはいつもそう言うけどさぁ》
きっと「ヒトをちょっと害したところで、僕たちはまったく気にしないよ」とでも言いたいのだろう。
でも私はそんなことを言わせたくないし、彼もそれは分かってくれている。彼が続きを口にしなかったのは、そんな私を慮ってくれたからだろう。
《まったくもう、心配させないでほしいよ》
（ふふふっ、ごめんなさい）
心優しい友人に「心配してくれてありがとう」と伝えると、プイッとそっぽを向かれてしまった。
おそらく照れ隠しだろう。見える姿は変わっても、彼の本質は変わらない。
《言っとくけどアディーテの体、まだあと一日くらいは動けないからね？》
（よかった。明日には動けるのね）
《はぁー、一体何が『よかった』んだか……。あれだけギリギリまで体力も魔力も使ったんだ。こうして意識があるだけでも、結構奇跡的なんだからね？　明日だって、動けたところで高が知れてるよ》

ただの緑の光なのに、明滅する彼は不思議と、丸い背中はこちらに向けられながらも、耳は「すべてを聞き逃すまい」とピンと聳てているウサギの図を連想させた。

間違いなくいじけモードと構って欲しいモードを併発中の彼に今私ができるのは、精々いつも通りのご機嫌取りくらいの事だろう。

（でも毛づくろいくらいならできそうでしょう？）

緑の玉がピクンと反応した。

《ふぅん？　まぁ別に？　アディーテも何だかんだで頑張ってたし？　ご褒美にどうしてもやりたいって言うんなら？　仕方がなく許可してあげてもいいけどね？》

まんざらでもなさそうだ。そう思った時だった。

「寝ているアディーテのところに、わざわざ何の用ですか？」

「……何でお前がここにいる」

すましたような声と牽制する声。二つの声が、どこからともなく聞こえてきた。

突然の事に驚いて思わず肩を震わせた私に、シルヴェストが《あぁ。聴覚はもう戻ってるみたいだね》と呟いた。

どうやら私の体の側でされている会話が聞こえてきているようだ。

「俺は彼女の上司ですし、魔力の枯渇で倒れたのですから、魔法に精通している俺が回復具合を確認するのは順当でしょう？　もちろん陛下からの許可を得て、俺はここにいる訳ですが……それで？　君は何故ここに？　ダンフィード」

　セリオズ様からの再びの問いに、ダンフィード卿が言い淀む。

《あのヘラヘラ師団長、この一週間は毎日、アディーテのところにお見舞いにきて居座ってたよ？　騎士の方は初めてだけど》

　シルヴェストからそう言われ、私は色々と驚いた。

　まず、あれからもう一週間も経っている事。そして、セリオズ様が毎日お見舞いにきてくれていた事。特に後者に至っては、師団長という多忙な身でわざわざ時間を作って様子を見にきてくれたのだろう。

　お礼を言えば、きっとセリオズ様の事だ。「部下が倒れて心配しない上司はいませんよ」などと、サラッと言ってのけるだろうけど。

「たまたまだ、とか言わないでくださいね？　殿下の騎士である君が、殿下の来賓でもない女性のゲストルームをたまたま訪れる理由なんてないのですから」

　口調こそ柔らかいものの、剣呑な空気を放ちながらセリオズ様が言う。

　私も何故それ程特別親しいわけでもない彼が私の部屋を訪れたのかは、少し気になる。

　しかし、セリオズ様がここまで突き放すような言い方をするとは。たしかにシードから「二人はあまり仲がよくない」とは聞いていたけど、少し意外だった。

「知っていますよ？　殿下があれから声高に『ララーを氷漬けにしたのはアディーテだ』と言っている事。私の『そんな事をしていた痕跡も時間もなかった』という真っ当な進言も、聖女様を診察した医師の『助け出すのがもう少し遅ければ、手足が壊死していたかもしれない』という言葉も、あの方はまったく聞く気がない」

苛立ち交じりなセリオズ様の声を聞きながら私が最初に思ったのは、「よかった」だった。

どうやらララーさんは無事だったらしい。自らの行動が実を結んでいたと知れて、ホッと胸を撫でおろす。

しかし隣からシルヴェストに、ジト目を向けられてしまった。

夢の中にいる今、精霊とのリンクが強くなっている。言わずとも、互いの心が伝わってくる。

――また他人の事ばっかり気にして。

そう訴えかけてくる彼に苦笑し、「じゃあ私自身の事を考えよう」と思い、改めて先程の話を頭の中で反芻してみる。

思わずため息が出た。

きっと殿下はまた、私にトラブルのすべてを背負わせる気なのだろう。もしかしたら、起きたらまたすぐに謁見の間に呼び出される事になるかもしれない。心の準備をしておこう。

……よし、ちゃんと自分の心配だし、これでシルヴェストも文句はない筈。そう思って再度彼を見ると、呆れの感情が読み取れた。何がダメだったのか、よく分からない。

「もし殿下の差し金で彼女を害そうとしているのなら、俺には彼女を守る義務があります」

そんな不穏な言葉と共に、近くで微かな衣擦れの音がした。

セリオズ様の魔力が練り上げられていく。臨戦態勢に入ったのかもしれない。

「別にそういうアレではない。そもそも殿下は関係ない」

「殿下からの指示ではない？　ならば尚更解せません。そもそもまだ目覚めてもいない病人に害する以外の用事がある事自体、信じられない」

開戦の気配をやんわりと押し返す少し歯切れの悪い答えに、セリオズ様の怪訝そうな声が聞く。

「……まだ目覚めていないとは思っていなかった」

「あぁ。たしかに殿下は、アディーテが倒れた事も、未だに目覚めていない事も、すべて方々に口止めしているようですからね。それも『聖女・ララーの容体に、皆の関心を集めるため』などという、甚だしくしょうもない理由で」

セリオズ様の練り上げた魔力は形にならずに終息したものの、口から繰り出されている言葉はかなりトゲトゲしい。

殿下が行った私への諸々の対応に、腹を立ててくださっているのだろうか。味方になってくれてとてもありがたい事ではあるものの、そんな事で喧嘩をしてほしくはない。

剣呑さを隠さない彼に気圧されたのか、ダンフィード卿が「そ、それは……」と更に言い淀む。

少しの間、沈黙が流れた。それを破ったのはセリオズ様の、呆れたようなため息である。

「何もないならもう帰って――」

「別に、俺は……あの日の疑問を晴らしたいだけだ」

唸るように告げられた言葉に、私は「あの日とはいつの事？」と頭を捻る。セリオズ様も同じだったようで、訝しげに「あの日の疑問？」と尋ねてくれる。

「周りのヤツラは皆、俺が聖女・ララーの氷を砕いて助けたと言うが、俺自身が誰よりも一番よく分かっている。その女の魔法がなかったら、あの氷は砕けていなかった。すべては誰よりも早く対処に動いたその女の功績だ。俺に、他人の手柄を横取りする趣味はない」

どの日の話をしているのかは明言していなかったものの、内容で容易に察せられた。

声からありありと悔しさを滲ませながらも私を認めんとしてくれている様は、おそらく彼の騎士としての善性にあたる部分なのだろう。

「殿下は『あの女の自作自演だからすぐに動けたのだ』と言って譲らないが、あの時のアディーテ・ソルランツの焦りようも必死さも、本物であるように俺には見えた」

私を色眼鏡で見ない事は、普通ならば歓迎すべき事だろう。しかし私はこの件で、誰かに評価される事を一ミリも望んでなどいない。

誰よりも早く動く事ができたのは、聖女の感覚があってこそだ。だからそこには触れられたくない。

しかし、ままならないのが現実だ。どれだけ必死に気がつかないふりをしていても、足元から這い寄ってくるような凶事の気配をヒシヒシと感じる事実は変わらない。

「然るべき人間が然るべき評価を受けるべきだ。だから聞きにきた。誰よりも、城内で最も魔法に精通している筈のお前よりも早く動き出せた理由はなんだったのか」

あの時咄嗟の行動を、私は後悔したくない。それなのに。

「チェザーリオ。今回の件、陛下からの審問に、お前は『あの冷気や氷は魔法で作られた物ではない。魔力の痕跡がまったくなかった』と言ったらしいな。なら何故あの女はいち早く察知できたのか。俺が行きついた答えは、一つだけだ」

やめて。

「――アディーテ・ソルランツは、『聖女』である。あの冷気や氷は精霊由来のもので、聖女であるあの女だけが、力の発動兆候を感じ取る事ができた。そう考えると、辻褄が合う」

やめて！

「今回だけじゃない。お披露目の儀の騒動だって、お前は『魔法の発動はなかった』と報告したんだろう？　それも『祀り上げられた聖女が偽物だった事に精霊が怒った』と考えれば、概ねの不可解に説明がつく」

まるで一部始終をすべて俯瞰でもしていたかのように、彼は悉く核心をついてくる。

頭が脈打つように痛む。

ダンフィード卿が今私に突きつけてきているのは、聖女として使い潰される未来だけではない。師団に入って初めて得る事ができた友人や夢。それらもすべて失ってしまう未来だ。

「……なるほど。当事者だからこそ得た疑念と、そこから導き出した仮説ですか」

呟くように、セリオズ様が言う。

「しかしどうせ貴方の事です。すべては直感に基づいたただの憶測でしょう。証拠がなければただの妄想、言いがかりと同じ事ですよ」

「だからこうして本人に真実を聞きにきた！」

「なるほど君は馬鹿なのですね」

「何っ?!」

「もし彼女が聖女だったとして、最終選考にまで残ったのです。自らの力を披露する機会は幾らでもあった筈なのに、彼女は聖女にならなかった。彼女自身が聖女になりたくないのだとは考えられませんか。望まぬことを立場だけで押し付けられる理不尽を、君は想像できませんか」

ズクリズクリと浸潤してくる頭痛が、私から冷静さを奪っていく。

セリオズ様が庇ってくださっている事はなんとなく理解できても、内容は頭に入ってこない。

ただ詰め寄ってくるダンフィード卿が、私を暴こうとする存在が恐ろしい。そんな気持ちが思考の大半を占めて、それ以上を考えられない。

「そもそも王族はララー・ノースを聖女に選んだのです。もうそれでいいではないですか」

「よくない！　力ある者は、相応の役割を果たすべきだ。そのためには、相応の場所にいる必要がある。自分がそちら側だと自覚しながらその義務から逃げるのは、持つ者の義務を果たさない、臆病で卑怯な人間のする事だ！」

「……卑怯？」

セリオズ様の声は、怒りを押し殺している時特有の響きを持っていた。

「では貴女は、望んで手に入れたわけでもない、生まれつきの特性に無理やり義務を感じ、縛られて生きろと？」

段々と耳鳴りまで覚え始めた私には、ついに彼らの話し声がくぐもって聞こえ始めた。それでも頭の中でグワングワンと反響するセリオズ様の声が、地を這うような低さになった事くらいは分かった。

しかしダンフィード卿も譲らない。

セリオズ様の低音に冷や水を浴びせられ多少の冷静さを取り戻したらしい彼は、それでも「もしその女が本当に聖女なら、その女にしかできない事がある筈だ」と、逃げられない現実を私に突き付けてくる。

「その女が聖女だと名乗らなかった事で、本来ならば助ける事ができた者たちに手が届かない事もあるかもしれない。そんなものを許容していい筈がない」

せっかくできた夢も居場所も、すべて世界にすりつぶされて、史実に「アディーテ・ソルランツは勇敢で愛しみ深い、まるで人の鑑のような聖女だった」などと記され、崇め奉られる未来が見えた気がした。

怖い、どうしようもなく。

ただただ頭が割れるように痛い。心が今にも引き裂かれそうだ。

その苦痛から逃れたくて、揺蕩うような夢の中で体を丸めて膝を抱えた。

両手で耳も塞いだが、実際の体は耳に何の防御も施せていない。外の声は滲むように輪郭をなくして、言葉として認識できない音になっても尚、私の耳を刺激してくる。

《アディーテ……》

困惑と不安と労わりが、シルヴェストから向けられている。

ごめんね、シルヴェスト。貴方を心配させたい訳じゃないの。けれど今は、取り繕う余裕さえなくて。

ドクドク、ドクドク、ドクドク、ドクドクと、不快なまでに自身の心臓の音が、耳にこびりついて離れない。

まるで終焉へのカウントダウンのようだ。私にはもう逃げ道などないと言われているようで――。

『煩いんだよ、さっきから。今すぐ黙らないんなら、両方八つ裂きにしてやるぞ』

聞き慣れた男の子の声が、セリオズ様とダンフィード卿の間を引き裂いた。

不快を垂れ流したその声に、場は些かの沈黙……いや、絶句と言った方が正しいだろうか。二人分の息を呑むような気配があった。

しかしそれに反比例するかのように、私の心は安堵と落ち着きを取り戻していく。

彼の言葉は私に「もう大丈夫」という根拠のない確信を齎した。

やっと深く息を吐く事ができた。厭に大きかった心臓の音も、耳からゆっくりと遠のいていく。

そんな意識の傍らで、チャキリという音と共に、刺すような緊張感が生まれた。

出元はおそらくダンフィード卿だ。セリオズ様からも、膨れ上がる魔力が感じ取れる。

「貴様、一体何者だ⁉」

『それも止めてくれないかな。そっちの殺気もそっちの魔力も、全部アディーテの体に障る』

苛立った声を上げたシルヴェストに、セリオズ様が思案声で「アディーテ……？」と呟いた。

対するダンフィード卿は「何者だと聞いている！」と、再度言葉を繰り返す。平常心を取り戻しつつある私は、何故こうも彼がシルヴェストに敵対心をむき出しにしているのかが少し気になった。

本来精霊はヒトから知覚されない。今だって……いや、そういえば上級精霊ほどの力を持っていれば一時的に人前に姿を現す事ができると、以前シルヴェストが言っていた。

好奇心から「試しにやってみて」とお願いしてみたら《疲れるし、頑張ってまでわざわざアディーテ以外に僕の姿を見てもらう意味が分からない》と却下されたけど、もしかして今、頑張ってくれているのだろうか。

いやでもそれにしたって、あのモフモフ姿を見てここまで警戒するなんて、もしかして二人とも何か小動物にトラウマでもあるのだろうか。でなければシルヴェストがとんでもないバケモノにでも見えているに違いない。

『はぁ。まったく、分からない奴だなぁ。僕はアディーテの友人さ。アディーテの事をこの世の誰よりも深く深く想っているから、アディーテの休息の邪魔をするヤツラは、うっかりこの城ごと吹き飛ばしちゃいそうな心境の、しながい一陣の風でしかないよ。で？　君らは僕の敵なのかな。そうならここから即強制撤去、そうじゃないなら大人しく退場してほしいところなんだけどね』

きっと正体を明確にしなかったのは、聖女だとバレたくない私を慮ってくれたのだろう。精霊がヒトの友人だなんて、普通はあり得ない事だから。

一方、退場勧告を受けた二人のうち、ダンフィード卿の方は納得できなかったようである。

「しかし俺はまだ、当初の目的を果たせていない！」

『寝てる相手にどうやって目的を果たそうってのさ。アディーテは今日一杯は起きないよ。だからもうさっさと帰りなよ。僕だって、できれば弱い者いじめはしたくないんだ。アディーテがとっても嫌がるからさ』

そんなふうに言いながらも、シルヴェストの存在は膨張していく。

あわよくば精霊術を行使してやろうとしている。通常ならヒトには感じ取れない威嚇だけど、彼が敢えてこうしているのだから、きっと見た目や感覚で何かしら、相手に訴えかける事ができる状態なのだろう。

衣擦れも聞こえないほどの沈黙が、ゆっくり数秒間流れた。チッと聞こえた舌打ちは、きっとダンフィード卿のものだろう。

無言のままに、一つ足音が遠ざかる。

ガチャリという音がしたのは、部屋の扉を開けたからだろうか。

「……その女が自分にしかできない事から逃げるのは、世界に対するただの甘えだ」

置き土産とでも言いたげに、彼の声が僅かに大気を揺らした。

「暴論ですね、ダンフィード。自分自身で『力ある者の義務を果たす』事を目標に掲げるのは自由ですが、他人にそれを強要するのは理想の押し付けでしかありません。彼女は作り物ではないし、君に彼女を義務に縛る権利もない」

『僕もお前の物言いは嫌(きら)いだ。そもそもアディーテを選ばなかったのは、お前らヒトの方じゃないか。そうじゃなくても、あの見当違(けんとうちが)い王子から受けた数々の『世話という名の嫌がらせ』を、僕は一つとして忘れてない。そんな奴らのために頑張れだなんて、虫がよすぎて笑っちゃうよ』

それぞれの意見の交錯(こうさく)を経て、今度こそ足音が一つ出て行った。

静かになった室内で、私の目尻(めじり)にフッと何か温かなものが触れる。

「泣く必要はありません。言ったでしょう？　私が守ると。君の思想や行動は、誰かに強制されるべきものではない。今度は俺が君の背中を押しますよ。だから――どうか、君は君の意志を貫(つらぬ)いてください」

囁(ささや)くような慰(なぐさ)めるような、労わるような声だった。その声が途切(とぎ)れると共に、目尻の温度も遠のき、また一つ足音が去っていく。

シルヴェストはもちろんの事、彼も私の味方をしてくれた。

とても優しくて有難(ありがた)い。なのに、脳内をリフレインするのは、別の方の言葉だ。

――お前にしかできない事から逃(に)げるのは、世界に対するただの甘えだ。

こんなにまでもこの言葉が気になるのは、もしかしたら私自身が心のどこかでずっと思っていたけど、気付かないふりをしてきた事だったからなのかもしれない。


思えば私は今までずっと、恵まれすぎてきたのだろう。

聖女という肩書から逃げる私を、誰も否定したりしなかった。シルヴェストを始めとする精霊たちもセリオズ様も、皆私の意思を尊重してくれた。

甘えだなんて、一度も言われた事がなかった。


どうすればいいのか、考える。

しかし答えは出てくれない。


たとえば人形か何かのように、すべての感情を廃し、誰かのために力を尽くす事こそに邁進すべきなのだろうか。

私は聖女になる事が怖い。

じゃあ、怖いと思う事は悪なのか。

怖いという感情を抱く自分は悪なのか。

（……ねぇシルヴェスト）

《なぁに？　アディーテ》

ずっと静かに見守ってくれていた友人に、私は一つ問いかける。

（ブリザの暴走の余波は、結局すべて押しとどめられたの……？）

本当はずっと気になっていた。すぐにでもすっ飛んできて謝ってきそうなものなのに、全然私の意識の中に会いにきてくれない、彼女の事が。

自覚的に外側へと意識を向けてみれば、空気中に彼女の魔力が多く溶け込んでいる事に気が付いた。

一つ一つは小さな力の粒。しかし注意深く見ていると、それぞれが空気中を漂う精霊術の源・自然の力を吸収して少しずつ膨張していっている。

《一つ分かってほしいのは、僕はアディーテが正当に評価をされる事は歓迎するけど、そのためにアディーテに無理をしてほしいとは、まったく思ってないって事》

（うん）

《ヒトの世界が壊れる理由も業も、本来は全部アディーテ一人が背負うべきものじゃない。

もし最悪何かが起きても、アディーテくらいなら簡単に守れるし、むしろアディーテを虐(いじ)めるやつらを一掃(いっそう)できるって考えたら、このまま放置した方がいいんじゃないかとも思ってるくらいだ》

（うん）

《その上で、多分隠したらアディーテはきっと怒るだろうから言うけどさ……このまま行くと、いずれ世界は氷河期に入る。ひどい寒波が世界中を襲(おそ)って、生き物はすべて死に絶える。今のペースだとたぶん明後日辺りには、目に見える変化が起こりはじめる》

多くの前置きのお陰(かげ)で、心の準備はできていた。

深く息を吐きながら、一度ゆっくりと目を閉じる。

事は精霊の力に起因する。よって、これから起きる気象の急激な変化の理由は誰にも分からない。私が何も言わず行動もしなければ、きっと対策は後手に回るだろう。

たとえ魔法(まほう)師団が力を合わせて魔法で解決を試みても、きっと時間稼(かせ)ぎにしかならない。

やがて限界はきてしまう。

（……ねぇシルヴェスト、どうにかできる方法はあるの？）

《あるにはあるけど、聖女の力を使う必要がある。大きな力を使うから、使ったのは自(おの)ずと周りにバレるよ？》

（そう……猶予（ゆうよ）はどれくらい？）

《そうだなぁ。元が精霊の力でも、力が膨張すればするほど解決のためにかかる負担は増える。できるだけ早いに越（こ）したことはないけど、今のアディーテの体力を考えると、チャンスは明後日に一回きり。それ以上は、体の負担を度外視せざるをえなくなる》

明後日に一度。そこが、私が摩耗（まもう）しないギリギリのライン。どうやら今回は、そういう線引きができる状況下（じょうきょうか）にあるらしい。

しかし、必ずしも毎回そのラインが存在するとは限らない。

もし今回行動を起こして、私が聖女だとバレてしまったら。

今後体の負担を度外視してでも聖女として力を振（ふ）るう事を、要求される事があるかもしれない。

私には、世界のために自身を捧（ささ）げる決心はできていない。それでも世界のために動こうとしたら、私は結局自分の感情を殺さなければならなくなる。

世界平和と自分の幸せ。どちらを取るべきなのか。結局話はそこに行きつく。

どちらか一つなんて選べない。

けれど『何もしない』のは、後者を選ぶも同義だ。私にはもう、どちらか一方を選ぶ道しか残されていない。

《アディーテはさ、少し自分を低く見積もり過ぎだよね。僕は君のそういうところも結構好きだけど、たまには僕に頼りながらさ、自分を信じてみてもいいんじゃない？》

私の思考に割って入ってきたのは、少し得意げで、まるでイタズラを思いついた子どものような声だった。

《ねぇアディーテ。僕、一つ思い付いちゃったんだ。アディーテの願いを叶えつつ、この状況をうまい事解決する方法。だからさ、ちょっと試してみない？》

息をするような気軽さで、彼は茶目っけたっぷりに言う。

《簡単さ。自分一人じゃ抱えきれないくらいたくさん欲張りたいんなら、使える手を増やせばいいだけの話だよ》

翌日。部屋の扉をノックされ、私はベッドから体を起こした。

外からメイドの「お二人がお見えになりました」という声を聞き、一度だけ深呼吸をする。

グッとこぶしを握り込んで「通してください」と伝えれば、扉がすぐに開かれた。

「おはようございます、アディーテ。顔色は悪くなさそうですね」

水色の髪を靡かせながら颯爽と入ってきたセリオズ様は、起き上がっている私を見つけると、安心したように口元をほころばせた。

本当は肩に一枚服を羽織らせてもらっただけの寝巻姿で出迎えるのは忍びないのだけど、背中にクッションを挟まなければ長時間上体を起こす事さえしんどいような状態なのだ。できれば許していただきたい。

平静を保って「はい、ご心配をおかけ致しました」と答えて、メイドに人払いをお願いする。メイドたちが皆出て行ってパタンと扉が閉まったところで、ずっと無言だったもう一人に目を向けた。

「――ダンフィード卿も、来てくださりありがとうございます」

「何故俺を今日、ここに呼んだ」

「……昨日、声が聞こえていましたから」

目を伏せながら答えると、驚いた表情の彼と目が合った。

彼を巻き込めるかどうかは、一種の賭けだと思っている。

本当は怖い。賭けに出るのも、行動を起こす事によって変わってしまう現状も。――でも。

世界が広がり、前より少しだけよくばりになった私は、背筋を伸ばし顎を引く。

「お二人に、御助力いただきたいのです。この世界に迫っている、未曾有の危機を救うために。そのためにはまず、私の秘密を知っていただく必要があると思います」

世界を救うための舞台は、できるだけ魔法の伝導率がいい、大気に多く触れる事ができて見晴らしのいい場所がいい。

シルヴェストからもらったそんな助言を私が伝言した結果、要望は無事実現された。

国栄の儀のやり直しの舞台は、王族が演説するためのバルコニー。王城の中から平民たちに広く言葉を届けるための場所だ。

どうやら殿下が「せっかくならララーの雄姿を平民たちにも知らしめよう」と張り切ったらしく、バルコニーが見える城内広場も今日は平民たちに開放されている。

平民たちも、通常は見る事の叶わない国栄の儀を特別に見れるとあって浮足立っている、という話をシルヴェストから聞いた。

が、それはすなわち今回の試みが周りの注目を集めているという事でもある。

《お披露目の儀であれだけ暴走の被害に遭ったのに、ヒトって全然懲りないよね……って、アディーテ大丈夫？》

（うぅ……出たくない）

既にバルコニーのある部屋にいる私は、開け放たれている大窓の向こうから感じるたくさんの方の気配に震えていた。

呆れた声でシルヴェストに《アディーテって、本当に注目されるの嫌いだよねぇ》と言われたけど、私だって別に、好きで人前が苦手な訳ではない。

せっかく魔法師団のローブに袖を通す初めての日だ、私だってできればこんな憂鬱な気分でこの日を迎えたくはなかった。けど、嫌いなものは嫌いなのだ。こればかりはどうにもならない。

《でも聖女・ララーの偉業の目撃者は多い方がいいでしょ？　それに心配しなくても、皆は聖女を見にきてるんだ。後ろのお付きなんて、景色の一部くらいにしか思ってないさ》

（そうかなぁ……？）

《うん、多分ね》

そこは「絶対」って、太鼓判を押してほしかった。

でも彼の言う事にも一理ある。よし、私は景色、私は景色。みんなそう思ってる、私は景色……。うん、ちょっと落ち着いてきた。

（憂鬱ではあるけど、せっかく聖女だとバレずに現状を打開できる場を整えてもらったのだもの。うまく殿下を説得してくれたダンフィード卿の気持ちを裏切らないためにも、私は私にできることを、きちんと頑張らなければね）

何とか自身に喝を入れた私に、シルヴェストは《説得っていうほどの事はしてないでしょ、あの騎士》と言いながら鼻を鳴らした。

《あの王太子、二度も儀式で騒動を起こしたせいで陰りまくりの聖女人気に、かなり焦ってたからね。すぐにこっちの提案にも飛びついてたよ。説得の暇さえなかったさ》

（でも、もし進言したのが私やセリオズ様だったら、ここまですんなりとは行かなかったでしょう？）

むしろ反発して頑なに「絶対にやらない」と言いだしていたのではないだろうか。

そうでなくともダンフィード卿自身、最初は「俺は一介の護衛騎士にすぎない。そもそも進言役には向かないし、お前のことも俺はまだ認めていない」と、協力をかなり渋っていた。結局折れて協力してくれた彼には、もともと感謝しかない。

《たしかにそうかもしれないけどさ、それを言うならあの騎士の引き入れに成功したアデイーテの手柄だよ》

(ダンフィード卿が「今の生活も世界も両方守りたい」という私の想いを広い心で受け入れてくださったからこそだし、セリオズ様も「たしかにそれは、ダンフィードにしかできない事ですね」という言葉で、巧みに説得してくださったから)

結局彼は「今回だけ」という約束で助力してくれる事になった。了承の際「俺は俺にしかできない事をするだけだ」とも言っていた。セリオズ様の言葉が少なからず彼の背中を押したのだろう事は、想像に容易い。

《でも僕はあの騎士を信用してないよ。『もし義務を果たさず逃げ出すような事があれば、今度こそ名乗り出てもらう』だなんて、そんなの脅しじゃん》

(でもそれは、彼の立場を考えれば至極真っ当な要求の気も――)

「体調は大丈夫ですか?」

横から声を掛けられて、シルヴェストとの会話を中断した。

声の方へと目をやれば、いつもと変わらぬ柔和な笑みを湛えたセリオズ様の姿がある。

彼は今日、聖女の力を使う私の、いざという時のフォロー役として隣に立ってくれる事になっている。

「はい。今日はよろしくお願いします」

「ええもちろん。任せてください」

魔法の手腕はもちろんの事、咄嗟の対応力にも長けたこの方なら私も安心だ。

そう思っていると、室内に、幾つかの雑踏が入ってきた。

肩にいるモフモフ精霊から《うへぁー……》という、拒絶なのか、脱力なのか。形容し難い声が上がる。

しかし私にも、そんな声を出してしまった彼の気持ちは少し分かった。

入ってきた方々の中に、一際派手な方がいる。

これから儀式を執り行うにも拘わらず、相変わらずのドレス風の修道服姿と、頭上にはティアラ。それに加えて以前よりも装飾品の数が増えているし、服はたくさんの生花で飾りつけられている。

隣には山吹色のマントの騎士を四人引き連れた殿下もいるのに、正直言って正装を着ている王族の彼よりも目立つ。

どう見ても、今日のララーさんは一際気合が入っている。

「こんにちは、アディーテさん。今日は私に侍るのですってね？」

開口一番、彼女がふふんと鼻を鳴らした。

とても機嫌がよさそうだ。代わりにシルヴェストの機嫌が急降下だけど。

《ねぇアディーテ。この勘違い偽聖女、腹が立つから空の彼方までご案内してあげてもい

い？》

（そんな丁寧な言葉を使ってもダメよ、シルヴェスト。彼女がここからいなくなったら、せっかくの計画が丸つぶれじゃない）

《まぁそう言うとは思ってたけどさぁ》

いじけたような声が返ってきたけど、今回ばかりは譲歩できない。

それに、言い方こそ少し鼻にかけたものだけど、今日の儀式では補助の名目で私が彼女の後ろにつく事になっている。言っている事自体は間違っていない。

むしろ彼女は、私が後ろで聖女の力を行使する間に、従来の儀式をしてくれるのだ。儀式そのものに効力はなくても、民衆の矢面に立ち、人々の視線と歓声を代わりに浴びてくれるのだから、感謝こそすれ怒るのはお門違いである。

「はい、今日はよろしくお願いいたします」

丁寧に頭を下げながら告げると、どうやらお気に召したらしい。更に機嫌をよくした様子で「私の完璧な儀式の邪魔はしないでよね！」と頼もしくも得意げに胸を張ってくれた。

後ろから、文官が「殿下、そろそろ」と声をかけてきた。

短く「あぁ」と答えた彼は、ララーさんの方に改めて向き直る。

彼女の両手を包み込むようにして握った彼は、とても優しい目をしていた。

「俺は隣のバルコニーで、平民たちに顔を見せなければならない。大事ないとは思うが、今日はいつもより肌寒い。風邪をひかないようにな。くれぐれも無理はするなよ？」

「はい！　頑張るので、見ていてください!!」

「あぁ、見守っている」

名残惜しそうに、殿下がゆっくりと彼女の手を離す。

大仰にマントを翻し踵を返して部屋を出る姿は厭に様になっているけど、どこか彼女ともっと一緒にいたいという未練を無理やりに振り切っているようにも見えた。

彼の後に続く数人の護衛騎士たちの背中を見送っていると、去り際に一瞬だけ目が合った男性騎士がいた。

厳しい目で「見ているぞ」と無言のうちに語った彼に、私は小さく頷き返す。雄弁な彼の目に激励されたと思ったのだが、鼻を小さく鳴らされたのは、読みが外れていたからだろうか。

赤髪の騎士も姿を消して、部屋には私とセリオズ様とララーさん、文官服の彼の四人になった。


辺りにファンファーレが鳴り響き「ワッ」と歓声が上がったのは、隣のバルコニーから王族の方たちが姿を見せたからだろう。

「では、お願いいたします」

改めて「こちらへ」と促されて、意気揚々と足を踏みだしたララーさんの後にセリオズ様と続く。

広いバルコニーへと出ると、歓声の真っただ中だった。

怯みながらも階下を見ると、顔、顔、そして顔。こちらを見上げる方たちは皆、期待に胸を膨らませている。

この空気に気圧される様子もなく堂々と手を振り彼らに応えるなんて、少なくとも私にはできない。

ララーさんはすごいなと感心していると、シルヴェストがチョンと私の頬に触れた。

《ねぇアディーテ、準備はいい？》

バルコニーの真ん中に置かれた拡声の魔法が付与された石に、ララーさんが触れながら演説をし始めた。その背中を眺めつつ、私は「ええ」と彼に頷く。

（大丈夫。それにしても、魔法師団の服に防寒特性が付与されていてよかったわ。じゃなかったらかなり寒かった筈だもの）

《まぁ室外だし、風も吹きっ晒しだしね》

緊張している自覚があったから、少しでもリラックスするために感じたままを口にする。その意図を感じ取ってくれたのだろう。優しい彼は、私のどうでもいい会話にも、いつもの調子で応じてくれる。

（もちろん師団服で全身をくまなくカバーできる訳ではないけど）

《人間は顔、無防備だもんね。ほっぺとか寒そう》

（シルヴェストは寒いの、大丈夫？）

《もちろんさ！　僕のこの立派な毛皮は決してハリボテじゃないよ？》

ムンッと胸を張る姿が妙に可愛くて、思わずふふふっと笑ってしまう。

（じゃあシルヴェストも万全ね。聖女の力の使い方、今日はナビをよろしくね？）

私はこれまで、先日の国栄の儀の時のように精霊に助力をお願いした事はあれど、自身で精霊術を行使した事はまだない。シルヴェストには、今日は力の導き手として協力してもらう予定なのだ。

《まかせて！》

頼もしい答えが返ってきて、ホッとする。

バルコニーの下にあるたくさんの方たちの気配に「私に彼らを守る事などできるのだろうか」と一瞬弱気になったけど、私は何も一人ではない。

「安心してください。隣には俺がいますから」
《僕がアディーテを、完璧にエスコートしてあげるよ！》
自然と口角が上がる。彼らの言葉が私の、立ち向かうための勇気になる。
「ありがとうございます。頑張ります」
彼女の演説が終わり、儀式は予定通りの手順で進んでいく。
ララーさんの雄姿を隣のバルコニーから愛しそうに見つめる殿下と、その後ろに控えているダンフィード卿を背景に、シルヴェストがふわりと宙に浮いて私と向き合った。
《それじゃあ僕たちも始めるよ？》
私がゆっくりと頷けば、彼からも首肯が返ってきた。
《じゃあまず、心を落ち着かせて》
私はゆっくりと目を閉じる。大きく息を吸い、深く吐けば、段々と心が落ち着いてくる。
《集中して》
周りの喧騒が少しずつ遠のき、人や魔法や精霊の気配を先程までより近くに感じる。
《祈って。君が一体何をしたいのか、どうなる事を望んでいるのか。君の強い願いは全部、僕たちにちゃんと届くから》
祈る。その言葉を認識したら、体が自然とそれにふさわしい形を取った。

ゆっくりと両膝（りょうひざ）をつき、胸の前で両手の指を組む。瞼（まぶた）を閉じたまま、心中で願う。

（――空気中に溶けた、冷気を帯びている精霊の力を鎮（しず）めたい。この世界を、そこに住まう人々を、凍（い）てつく未来から守りたい）

私の語りかけに答えるように、閉ざされた視界の中で無数の何かがポウッと光を帯び始める。

先日の夢の中で見た明滅（めいめつ）する精霊たちの姿と、とてもよく似た光景だった。

でも分かる。これは精霊たちではない。

これが今回の元凶（げんきょう）。ブリザを媒介（ばいかい）にして暴走した、今取り除くべきものだ。

（この光をどうにかしたい。でもどうしよう。どうしたらいい？）

《変換（へんかん）すればいいんじゃない？》

《別の力に》

《別の効果に》

脳裏（のうり）で様々な声が応えた。

下級・中級の精霊たちの声だ。

起きているにも拘らずこうして下級精霊たちの声がハッキリと聞こえるのは、きっと初めてだと思う。
《そのためにはまず、集めなきゃ》
《そうだね、集めなきゃ》
（集める……でもどうやって？）
この問いに答えたのは、シルヴェストだ。
《全部吸い込めばいいよ。僕にならそれが実現できる》
自信というより、確信に満ちた声だった。
（分かった。頼るよ、シルヴェスト）
《任せてよ。とは言っても、僕はやり方を教えて、少し力を供給するだけ。実際にやるのはアディーテだよ》
（ええ、分かってる）
彼らが精霊王から『人間界への過度の介入』を禁じられている事は知っている。私も最初からそのつもりだ。
素直に了承の意を伝えると、額にモフッと何かが当たる。
《これから僕が、燃料を流し込むよ。空気中のものよりも僕が分け与えるやつの方が大分

扱い易い筈だからね。君はそれを練り上げる。魔力を扱うのと同じ要領だから、君にも馴染みがある作業だよ》

なるほど。それなら、うん。私にもできそうだ。

額伝手に、温かいものが流れ込んでくる。これが精霊の、シルヴェストの力。優しくて心地よくて、不思議と体によくなじむ。

それでもやはり、扱い慣れていない力だ。制御には中々骨が折れる。

どんどんと流れてくるそれを、まるで毛糸を毛玉にするかのように、クルクルと一つにまとめ上げていく。

歪な形にならないように注意しないと。扱い方は魔力と同じというのなら、きっとこの一手間で術の発動効率が上がる。

懸命に下準備をしていると、突然「ワッ」という歓声が上がった。驚いて、思わず作っていた球を取り落としそうになったけど、どうにかギリギリで耐える。

ホッと胸を撫でおろしていると、シルヴェストが宥めるような声で言う。

《アディーテを中心に聖女の魔法陣が現れたんだよ》

聖女の魔法陣。そういえば昔、聖女の文献を読み漁っていた時にそんな記述もあったっけ。……って。

（え、それって大丈夫なの？　もしかして、私が聖女だってバレちゃったんじゃ……?!）

《大丈夫、現れたのは足元じゃなくて頭上だから。下から見たら正確な中心がどこかなんて分からないよ。皆あの偽聖女が出したと思ってる》

（そ、そうなのね。ならよかった……）

安堵する。反面「みんなが歓声を上げるような陣……ちょっと見てみたいかも」という好機心が湧き上ってきた。

（でも今目を開けたら、間違いなく集中力がそがれる……）

《僕の色の魔法陣だよ。綺麗な左右対称で、細やかな紋になってる。ここまで綺麗なのは中々ないよ。アディーテの性根のよさのお陰かもね。……って、ダメじゃん見えてなくっても集中力が揺らいでる》

指摘されて初めて気がついた。纏め上げていた力の形が、先程よりも歪になってしまっている。いけないいけない、集中集中……。

気を取り直して力の制御に邁進すれば、どうにか持ち直す事ができた。

流れてくる力の量に比例して大きくなっていった力は、そろそろ私の体感で両腕いっぱいに抱えるくらいの大きさになっている。

シルヴェストの《このくらいかな》という独り言が聞こえたかと思ったら、額の温かみが遠のいて、彼からの力の供給が途絶えた。

《病み上がりな上に、まだまだ経験不足だからね。でもまぁ今回はこれで足りると思うよ。

――じゃあ次の段階。その力をギュッと圧縮する。手の中に握り込めるくらいの大きさにすれば、まぁいいかな》

（え、この大きさを、手の中に握り込めるくらい……？）

途方もない。急に無理難題を押し付けられたような気分だ。

でもやらなければ始まらない。

一度深く息を吐き、頭の中で「圧縮圧縮……」と繰り返しながらグッとお腹に力を入れる。

少しだけ体積が減る。しかしまだまだ道のりは遠い。均等に圧縮しなければ、せっかく整えた形がまた歪になってしまいそうだ。

注意しながら、ググッ、グググッと慎重に力を圧縮していく。

密度が高くなってきたからか、圧縮に反発する力も段々と強くなっていく。額に汗を滲ませながら、懸命に圧縮を続ける。

どうにか手の中に握り込めるくらいの大きさにまでできた時には、もう結構疲労困憊だった。しかし対照的に、シルヴェストの声はとても軽い。

《オッケー。じゃあ今度は、その力に意志を込める。アディーテは、この力で何を実現したい？》

実現……。

（空気中に溶けた力だけを吸引して、ひとところに集める……だよね？）

《うん。ついでに吸引したら、最後に風の膜で閉じ込めちゃおう。さぁ想像して。それを実現するところを》

彼の導きに従って、やりたい事を思い描く。

空に向かって両手を突きあげた。シルヴェストにも助けてもらいながら、圧縮していた力を少しずつ開いていく。

その延長線上で、風が逆巻くのを知覚する。

瞼をゆっくりと上げると、ちょうど顕現した風が頭上を覆っていた分厚い雲を吹き飛ばしていたところだった。

白い雲の海にぽっかりと青空がくり抜かれた様に、民衆たちが一際大きな歓声を上げる。

天高く駆け上がった風は、薄く広く遠くにまで広がっていく。その先で、空気中に溶け込んだ氷の要素をいくつも捕まえた。

それらを、一つたりとも逃さないようにすべて吸引する。そうやって集めた風たちを、先程と同じ要領でまた丸く整えていく。

しかし比較的悠長にできたのは、ここまでだった。

辺りの気温が段々と下がり、元々白かった吐く息が尚の事その濃度を増していく。

そうなって初めて気がついた。

膨張した氷の力を吸引するという事は、大気を冷やしている原因をここに集めるという事だ。隔離するのは集めた後。それまでは、この場所が一時的に強大な冷気に晒される事になるのでは……？

思わず顔が強張った。

一所に集まる冷たさから身を守るための対策を、私は何も講じていない。そして今は、何かできる余力もない。

この場にいるのが私だけなら、精霊たちが守ってくれて、それで事なきを得たかもしれない。でも他の方たちは？

精霊はおそらく守らないだろう。たとえ一時の事であっても、凍てつく世界は生き物の命を刈り取るには十分である。

「っ、セリオズ様!!」

歓声にかき消されないように、慌てて声を張り上げた。

説明もなく、要求もない。それでも彼は状況の変化から、私の意図を正しく察してくれたらしい。

「範囲は？」

「可能な限り広く。この場を中心に！」

この会話の間にも、体感温度は下がり続けている。最早一刻だって惜しい。

「巡れ、熱よ。回れ、太陽。天から下し、広く伝播せん。熱波！」

私の声色でその切迫を感じてくれたのだろう。彼は返事もなく、早口な詠唱と共に魔力を練り上げ魔法を行使してくれた。

温風が、寒さを中和しながら波紋のように広がっていく。

目下の危機は、どうにか脱した。ホッと息を吐いたのだけど、次の瞬間、掲げていた両手に、急にズドンと負荷がかかる。

何これ、とてつもなく重い……！

（ねぇ、シル、ヴェスト……もしかしてこれ、何かイレギュラーでも起きているんじゃあ……）

《大丈夫、うまくいってるよ？　これからもっと重くなるから、ちょっとの間だけ耐えてね？》

（こ、こんなの聞いてない！）

《そういえば言ってなかったかもしれない》

思わずグッと息がつまった私に、彼は《ごめんね？》と言いながらペロッと舌を出してきた。

今ばかりは彼が、恨めしい。しかしそちらにいつまでも思考を割いている余裕もない。シルヴェストの言う通り、両手には更なる負荷がかかっていく。

聖女業、まさかこんなにも体力勝負だったなんて……！

聖女の記録には一言も、そんな事は記されていなかった。知られざる聖女業の裏側に思考の端で嘆きながら、それでものしかかってくる負荷に懸命に耐える。

息がどんどん上がってきて、しんどいなんてものじゃない。

重さに耐えかねた腕が、プルプルと震え始めている。早く、早く、早く終わって。急ぐ気持ちが加速する。

ララーさんの「ちょっと暖かくなってきたわね」という呟きがやんわりと耳を撫でた。呑気な、と思う反面「こちらの修羅場にはどうか気が付かないで」と、背中を向けたままの彼女に思う。

彼女には、自分のお陰で儀式が成功していると思っていてほしい。その方が説得力も増すだろうし、今気づかれて邪魔をされても困る。

だからあと少し、どうかこのまま気がつかないで。

吸引の感覚がピタリと止まった。吸えるものがもう存在しないのだと理解した。

《囲んで！》

弾かれるように、残りの力を総動員して頭上のものを包み込む。

隔離には、圧縮の時と同様に、少し反発感があった。それでもどうにかジワリジワリと、周りを包んで隔離した。

終わって小さく息を吐く。潰されそうなほどの重量はまだ両腕にのしかかっているけど、やっとこれでそれからも開放され――。

《じゃあ最後に、この力を何に使うか考えて？》

（えっ、勝手に消えるんじゃないの?!）

《消えないよ？　だからほら早く、何に使う？》

そんな事を急に言われても、まったく何も思いつかない。

そうでなくても疲労はピーク、頭がまるで回らないのだ。その上もう両手も限界だ。

もし今これを手放してしまったら。周りが大惨事になるのは確実なだけに、焦りと混乱が頭を支配する。

（どうすればいい？　どうすれば?!）

誰とも知れない虚空に向かって、私は必死に助けを求めた。すると。

《綺麗なのがいいー》

《可愛いのがいいー》

《派手なのがいいー》

下級精霊たちが、口々に答える。が、綺麗で、可愛くて、派手なもの?!　何それ!!

まるで統一感のない要求は、かえって私の選択肢を縛る。

途方に暮れた、その時だ。ふと、目の前のララーさんのドレスが目に入ったのは。

白い修道服を彩っている、瑞々しい生花たち。

——花。花束。

思い浮かんだ時には、既に力は動き出していた。

一刻も早くこの重さを投げ出したいという術者の本心が少しばかり先行し、束になり切らなかった花々が具現化されたのは少し想定外だったけど。

赤やピンク、オレンジに黄色、白、青、黄緑、紫色の花々が、すっきりと晴れ渡った水色のキャンバスに投げ出され、降り注いだ。

シルヴェストの風の残滓に吹かれて、水色のキャンバスに色彩が舞い踊る。

空を見上げて驚いたララーさんが、今日一番の感嘆と歓声にハッとして、彼らに大きく手を振った。

精霊たちも皆瞬きながら、空を楽しげに駆けずり回っている。

それらすべてが私には、切迫した事態を回避した証のように見えた。

達成感と疲労感で、ペタンと床に座り込む。

「お疲れ様でした、アディーテ」

「セリオズ様……」

肩で息をしながら、差し伸べられた手の持ち主を見上げると「成功ですか？」と尋ねられる。

「はい。どうにかやり切りました」

彼の手に自分の手を乗せたのは、もちろん立ち上がろうとしたからである。しかし足に力が入らない。これでは、もし立つ事ができたところで歩く事などできないだろう。

「立てませんか？」

「ええ、その……すみません」

何だかとても恥ずかしい。お手をしたままの状態で思わず俯きながら「少し休憩すれば大丈夫だと思いますから」と言い、手を引っ込める。

幸いにも、座ってしまえば私の姿は下の人々に見えないだろう。

ララーさんとセリオズ様には先に退場していただいて、私は一人、あとからゆっくりお暇させていただこう。そう思っていた——のだけど。

中腰になったセリオズ様が、私の背中と膝の裏にスッと手を滑り込ませた。

「ならばこちらの方が速いですね」

「一体何を……ぅわぁ?!」

令嬢にあるまじき声が出た。

しかし悪いのはセリオズ様だ。なんせ急に予告もなく淑女の体を、持ち上げてきたのだから。

体温が近い。端整な顔立ちも、ものすごく近い。これは一度本で読んだ事がある『お姫様抱っこ』の状態だ。

「部屋までお運びしましょう」

「いっ、いいですいいです大丈夫です！」

ニッコリと微笑んだ彼の、紳士的な提案を突っぱねた。

恥ずかしいから早く降ろしてほしい。そういう意思表示のつもりだったのだけど、どうやら彼はこういう時だけ、都合よくこちらの気持ちを察することができないらしい。

「そんなに慌てる必要はありませんよ。君をこうして抱き上げるのは、これが初めてではありませんし」

「えっ、いつ⁈」

「先日、倒れた時です」

まさかの事実である。

恥ずかしいやら、彼に手間を取らせてしまって申し訳ないやらで、もうどこに心の置きどころを作っていいのか、分からない。

「聖女の力を目の当たりにして、今や誰もが興奮の最中です。聖女の付属品が一人や二人背景でどう動いたところで、誰も気には留めませんよ」

「そういう事を気にしているのではなくて！」

慌てて抗議する私に、彼はフッと笑みを浮かべた。

先程までとは少し違う笑み。これはアレだ、間違いない。絶対に人を揶揄って面白がっている。

「何ですか？　周りが煩すぎて、声がまったく聞こえません」

「うそつきぃぃぃ！」

私の悲鳴もお構いなしで、彼はズンズンと歩き出す。

私は最早、涙目だ。

しかし体はヘトヘトである。結局大した抵抗をする事もできず、「ぐぅ……！」と唸る事しかできない。

結局私はきっちりと、彼に部屋まで送られてしまった。

彼がいなくなった後、ベッドの上でシルヴェストの白いお腹に突っ伏して、「うわぁぁぁーっ」と悶える羽目になった。

幸いだったのは、純白のモフモフが素晴らしきお日様の香りだった事くらいのものである。

エピローグ

　寒かった空気が一変し花びらが舞ったあの『春の訪れ』から、一週間。私はやっと師団の訓練に復帰できる日を迎えた。

「どう？　アディーテ、元気になった？」

「えぇシード、もうすっかり」

　部屋まで迎えに来てくれた彼を笑顔で出迎えれば、早々に私の変化に気がついた彼が、口元に手を当て「あら？」と声を上げる。

「アンタが髪の毛をくくっているのなんて初めて見るなと思ったら、可愛いリボンをつけてるじゃない」

「ありがとうございます。戦闘中に髪が邪魔になるといけないなとはずっと思っていたのですが、ちょうどよくこれを頂いたので」

　言いながら顔の角度を変えると、くくっている髪の尻尾と一緒に青いリボンの端が揺れる。

リボンの送り主は、ブリザである。

あの後彼女は暴走の末に迷惑をかけたという事で、例に漏れず顔にへばりつきながら《ごめんねぇぇぇぇ！》と全力で謝罪してくれた。このリボンはその時に、お詫びの品として彼女がくれたもので、シルヴェスト曰く《これも一応古代魔道具》なのだとか。

新品のように綺麗なリボンなので、思わず「これが古代の？」と聞き返してしまったけど、どうやらこれには本体やそれに接触しているものを、そのままの状態で保管する事ができる『永久保存』の効果があるらしい。

そのようなもので髪を括っていいのかと少し悩みはしたものの、能動的に周りに効果をもたらすような物ではないし、他に使いどころを見出せない。せっかく貰ったのだし使わないのも……という事で、汚れないし破れない頑丈なリボンとして、身に付ける事にしたのである。

「いいじゃない。似合ってるわよ。ずっと『その髪暑苦しそうだな』とは思ってたし、紺色の髪にもよく合うし。ま、一つ懸念があるとしたら『一体誰からの貰い物なんだ』って、師団長が気にしそうな事くらいかしら」

「何故セリオズ様が？」

「え？　だってアンタの事、めっちゃ好きじゃないあの人」

一瞬キョトンとしてしまったけど、すぐに理解する。彼はあの方の悪癖をきっとよく知らないのだ、と。

「あぁ、違いますよ。あれは単に私がオロオロするのを見て楽しんでいるだけです」

「そう……？」

何だか少し残念なものを見たような顔をされてしまった。何故だろう。

そんな事を思いながら師団への道中を歩いていると、シードがまた「そういえば聞いた？」と言ってきた。

「なんか殿下が、最近厭に上機嫌なんだって。空から槍でも降るのかって、皆噂してるのよ」

そんな話は初耳だ。

部屋で静養していたからとはいっても、今私の隣をフヨフヨと飛んでいるこの白いウサギは、精霊たちからいくらでも情報を集める事ができた筈なのに。

……いや、シルヴェストは私に関係あること以外には、まったくヒトのアレコレに興味がない子だ。きっと自分たちには不要な話だと思って、聞き流しでもしていたのだろう。

「何かいい事でもあったのでしょうか」

「さぁ？　そこまではワタシも分からないけど。でも城内が平和であるに越したことはないわよねぇ」

《なんかこの前の国栄の儀のやり直しが皆に大盛況だとかで、今あの偽聖女の株が爆上がりしてるからみたいだよ》

隣を飛んでいたシルヴェストが、しきりに耳をピクピクとさせながらそんな事を教えてくれた。

どうやらちょっと私のために、周りに耳を澄ましてくれているらしい。

しかし、なるほど。そういう事か。

まるで我が事のように喜べるだなんて、二人の仲がいい証拠だ。未来の王妃と王太子が仲睦まじいのは、とても素晴らしい事である。

《もうね、僕はつまらないよ。あの色ボケ王子、脳みそがお花畑なせいで、いくらイタズラを仕掛けても最近は全然動じなくなっちゃって》

(シルヴェスト。貴方、また殿下にちょっかいを出しているの?)

不服そうに口を尖らせている彼に、私は思わず呆れてしまう。

彼はヤベッという顔になって、すぐさま私の頭上に逃げた。

彼はよく分かっているのだ。頭に乗れば、少なくとも私の視界からは逃れる事ができる。自身の表情を読まれる事もない。そしてシードの前では私が自分を、捕まえようとする事もないだろうという事を。

まるで叱られそうになって、逃げる子供のようである。思わずクスッと笑いながら、廊下を曲がり、気がついた。

「ダンフィード卿？」

こんなところで会うなんて、珍しい。

仕事の合間に居合わせたのだろうか。しかしこの廊下の先にあるのは、魔法師団の訓練所兼駐屯所だけ。殿下の護衛騎士の彼が一人で来るのは、少し不自然のような気もする。

それでもとりあえず「おはようございます」と挨拶をすると、異様に彼の目が泳いだ。

「その、奇遇だな。体調はもう――」

「奇遇な筈がないでしょう。こんな場所でわざわざ待ち伏せなどしておいて」

ダンフィード卿の言葉に被せるように、柔らかな口調の否定が入る。

声の方を振り向けば、厭に綺麗な満面の笑みを浮かべたセリオズ様が立っていた。

「セリオズ様も、何故ここに？」

「もちろん、アディーテと会えるのが待ち遠しくて」

「なっ、ちょっ、またそうやって私を揶揄って！　面白がらないでください!!」

分かっているにも拘らず、まんまと術中にはまって少しドキッとしてしまっている自分を恥ずかしく思いながら、それでも邪念を振り払いつつ叫んだ。

セリオズ様は私の剣幕に少し驚いた顔になった後、今度はフッと楽しげに笑う。

その顔がまた、美しい。まっすぐに向けられた笑顔が眩しくて、更に翻弄される。そんな自分がとても悔しい。

すぐ隣で、シードが口元を押さえて「あらまぁ」とにんまり顔になっている。見ているのなら助け船を出してくれればいいのに、その気はまったくなさそうだ。

「それはそうと、ダンフィード。君もアディーテに会いにきたのでしょう？　ならば素直にそう言えばいい」

「なっ、ちがう！　俺はただ、バルコニーでの儀式の件で殿下からの覚えがめでたくなったから、礼儀として一応この女にも知らせておこうかと――」

なるほど。どうやらダンフィード卿は、とても義理堅い方らしい。

「そうですか。ならばもう用事は済みましたね、とっとと殿下のところへどうぞ。ではアディーテ、行きましょうか」

「ちょっと待て！」

「……まったく、何なのですか。面倒臭い」

邪険に追い払おうとするセリオズ様と、怒り声で呼び止めるダンフィード卿。目の前で言い争う二人に、相変わらず仲良しだなぁと思う。

先日の私の部屋では少し言い合いになってしまっていたけど、やはり仲良しに越した事はない。「仲直りしたようで何よりだ」と思いながら温かい目で二人を眺める。

すると頬に、モフモフがスリッと寄ってきた。言わずもがな、シルヴェストである。

《まぁ周りがどれだけ取り合おうとも、アディーテを一番大好きなのは僕だけどねっ》

突然何を言い始めたのか。思わず小首をかしげるも、何やら誇らしげに胸を張る彼が非常に可愛らしくて和む。

（私もシルヴェストの事、大好きよ？）

《そんなのもちろん知ってるよ》

自信満々に即答した彼に、私は思わず笑ってしまった。

あとがき

こんにちは、作者の野菜ばたけと申します。

私にとっては二作目の受賞作であり、書籍化でした。無事形になってくれた事、とても嬉しく思っています。

本作、もちろん主人公・アディーテや彼女の『共犯』セリオズなくては語れない作品ではありますが、実は物語構想の出発点は「どうしても可愛いウサギが出る作品を書きたい！」でした。

モフモフが好きです。ウサギはもっと好きです。だからシルヴェストの『愛嬌のある、あざと可愛さ』が届いた方、ぜひ手を上げていただきたい！　私がとても喜びます（笑）。

最後になりますが、生き生きとしたイラストを描いてくださった、ののまろ先生。担当様を始めとする、本出版に携わってくださった方々。そしてもちろん、本作を手に取ってくださった貴方。すべての方に、お礼申し上げます。ありがとうございました。

HJ NOVELS
HJN79-01

祝・聖女になれませんでした。1 このままステルスしたいのですが、
悪役顔と精霊に愛され体質のせいでやっぱり色々起こります

2023年10月19日　初版発行

著者——野菜ばたけ

発行者—松下大介

発行所—株式会社ホビージャパン

〒151-0053
東京都渋谷区代々木2-15-8
電話　03(5304)7604（編集）
　　　03(5304)9112（営業）

印刷所——大日本印刷株式会社

装丁——小沼早苗（Gibbon）／株式会社エストール

ISBN978-4-7986-3315-2　C0076

ファンレター、作品のご感想お待ちしております

〒151－0053　東京都渋谷区代々木2－15－8
(株)ホビージャパン HJノベルス編集部 気付
野菜ばたけ 先生／ののまろ 先生

アンケートはWeb上にて受け付けております（PC／スマホ）

https://questant.jp/q/hjnovels

- 一部対応していない端末があります。
- サイトへのアクセスにかかる通信費はご負担ください。
- 中学生以下の方は、保護者の了承を得てからご回答ください。
- ご回答頂けた方の中から抽選で毎月10名様に、HJノベルスオリジナルグッズをお贈りいたします。